白銀のオオカミと運命のツガイ

鼻先を軽く触れ合わせたジークが、クッと低く笑った。

「初めて逢った時から、おまえが欲しかった。エール、おまえも『同じ』だろう」

瑛留に覆いかぶさっているのは、ジークだったはずだ。

それなのに、今……瑛留の目に映っているのは、白い体毛に包まれた巨大な獣の姿だった。

白銀のオオカミと運命のツガイ

真崎ひかる

22810

角川ルビー文庫

目次

口絵・本文イラスト／金ひかる

《○》

「ぅわっ！」

ガサリとすぐ傍《そば》の茂《しげ》みが揺《ゆ》れ、大きく身体《からだ》を強張《こわば》らせたのにはワケがある。

この山に入る直前、昼食の調達のために立ち寄った地元の商店で散々脅《おど》され……いや、注意を受けていたせいだ。

曰《いわ》く、今年は熊《くま》の活動が活発だ。人里近くでも、頻繁《ひんぱん》に姿を見る。十分に気をつけろ。

鋭《するど》い眼光に抑揚《よくよう》の乏《とぼ》しい嗄《しゃが》れ声、顔や手の甲《こう》に深い皺《しわ》の刻まれた気難しそうな老人が目前に浮《う》かぶ。

「と、父さん……」

近くにいるはずの父親に呼びかけても、かすれた声はガサガサリと揺れる葉擦《はず》れの音に掻《か》き消されてしまう。

父親は、動物学者だ。世界各地を飛び回り、猛獣《もうじゅう》や珍獣《ちんじゅう》と呼ばれる動物にも通じており、不意に出くわした際の対処法に関しても豊富な知識を持っている。そんな父親から様々な話を聞いて育ったとはいえ亨留《とおる》は二十歳《はたち》になったばかりの学生で、自らが野生動物に対応する自信はない。

　この山に入ったのは、『見慣れない犬を見かけた』『絶滅《ぜつめつ》したはずのニホンオオカミじゃないか』『いや、ただの野犬だ』という実《まこと》しやかな噂話《うわさばなし》の真偽《しんぎ》を確かめるためで……熊との遭遇《そうぐう》はご免《めん》だ。

　ガサ……ガサ、少しずつ近づいてくる『それ』はなんなのか。

　兎《うさぎ》等の小動物が立てる音にしては、大きい。鹿《しか》か猪《いのしし》ならまだいいが……正体がわからないせいで、怖《こわ》くて目を離《はな》せない。

　一メートルほどしか離れていない位置の丈《たけ》の高い草が掻き分けられ、とうとう『それ』と対《たい》峙《じ》する覚悟《かくご》を決めて息を呑《の》んだ。

「ッ……え？」

　硬直《こうちょく》する亨留の目前に立ち塞《ふさ》がったのは、巨体《きょたい》を誇《ほこ》る獰猛《どうもう》な熊……ではない。

　目を離すことはできないまま、ぽつりと口にした。

「犬？」

　やせ細った全身を覆《おお》う体毛はずいぶんと薄汚《うすよご》れており、狩猟《しゅりょう》の共に連れられてきた猟犬ではないことは一目瞭然《りょうぜん》だった。

　熊ではなかったことに一瞬緊張《いっしゅんきんちょう》を解きかけたが、相手は野犬だ。唸《うな》り声などは発していないが、突然襲《とつぜんおそ》いかかってくる可能性もゼロではない。

身動《みじろ》ぎもできず動向を窺《うかが》っていると、その野犬は上半身を捩《よじ》って草の陰に鼻先を突《つ》っ込んだ。そこにあったなにかを銜《くわ》えて亨留の足元に置くと、用は済んだとばかりに身を翻《ひるがえ》して茂みに戻っていく。

「な……に？」

野犬の尻尾《しっぽ》が草の向こうに隠《かく》れると、詰《つ》めていた息を吐く。緊張で強張っていた肩から、ふっと力が抜けた。

自分の足元に、なにを置いた？　と眉根《まゆね》を寄せて視線を落とし……目を見開く。

「こ、子犬？」

慌《あわ》ててその場にしゃがみ込んだ亨留は、キューキューと頼《たよ》りない声で鳴きながら手足をもぞもぞ動かしている小さな子犬を見詰める。

生まれて、数日しか経《た》っていないのだろう。まだ目がきちんと見えず、歩くことさえできないようだ。

野生動物に、人間が不用意に触ってはならない。人の匂《にお》いがつけば、親や群れから拒絶《きょぜつ》されて弾《はじ》き出されてしまう。

父親からそう習っていた亨留は、途方《とほう》に暮れつつ目の前のぬいぐるみのような子犬を見るしかない。

「僕の前に置いていった感じだけど、なんで？　どうしろって？」

心細そうに鳴いている子犬は、庇護欲《ひごよく》を誘《さそ》う。なんとも言えず、可愛《かわい》い。手を差し伸べて抱《だ》き上げたくなるのをグッと堪《こら》え、ただひたすら目に映《うつ》す。

そうして、どれくらいの時間しゃがみ込んでいたのか……。

「亨留」

背後から名前を呼びかけられ、勢いよく振り向いた。見慣れた父親の姿が、いつになく頼《たの》もしく目に映る。

「っ、父さん。よかったぁ。実はさっき……」

立ち上がった亨留は、草の上で身を震《ふる》わせている子犬を指差して、つい先ほど自身に起きた不可解な出来事を語った。

野犬が、我が子を見知らぬ人間に託《たく》した……ような気がするなど、自分が経験しても信じ難《がた》い。

けれど父親は亨留の話を黙《だま》って最後まで聞き、なにか合点《がてん》したように数回小さくうなずいて、険しい表情で口を開いた。

「すぐそこで、傷を負って事切れた直後の野犬を見た。二匹《ひき》の子犬も一緒《いっしょ》にな。その子は、唯《ゆい》一《いっ》の生き残りだろう」

「……そんな」

よろよろと茂みの向こうに姿を消した野犬は、最後の力を振り絞《しぼ》って残された子犬を亨留に託そうとしたのだろうか。

ここで自分が見捨てたら、この子犬は……。

子犬と父親のあいだで視線を往復させていると、父親は亨留が言葉にできない願いを明確に察したようだ。

しばらく腕を組んで考え込んでいたが、小さく息をついて子犬の脇《わき》にしゃがみ込んだ。

「この小ささでは、親がいなくては生きていけないだろう。放《ほう》っておくのは寝覚《ねざ》めが悪い。保護するか。生き延びることができるかどうかは、この子の生命力次第《しだい》だが」

「うん。……よかった」

無言の懇願《こんがん》を突っ撥《ぱ》ねられなかったことにホッとして、亨留も父親の隣《となり》にしゃがみ込む。

そろりと両手で掬《すく》い上げた子犬は、小さくて……温かくて。

この子犬を護《まも》り、立派に育てようと心に決めた。

《一》

「そうだ、瑛留《えいる》。僕の助手をしないか?」

「……って?」

食卓《しょくたく》の向かい側に座っている兄の口から出た唐突《とうとつ》な一言に、エビフライを箸《はし》で摘《つ》まみ上げたところだった瑛留はピタリと動きを止めた。

獣医師《じゅういし》免許《めんきょ》を所持しており、動物学者や大学講師という肩書《かたが》きを持っているにもかかわらず、俗《ぞく》に言う『天然ボケ』の兄が突拍子《とっぴょうし》もないことを言い出すのは珍《めずら》しくない。

助手とは、なんだ? 説明が圧倒《あっとう》的に足りない。

兄を見る瑛留の目は猜疑《さいぎ》心《しん》たっぷりのはずだが、左手に味噌《みそ》汁《しる》の入った椀《わん》を持った兄は、にこにこ笑いながら言葉を続ける。

「春先の学会で、興味深い噂を小耳に挟《はさ》んだ……のは父さんだけど、僕もその場に居合わせてね」

そう言いながら、同じ食卓に着いている父親にチラリと目を向ける。

話を振られたと思っていないのか、父親は会話に加わる気はないとばかりに黙々《もくもく》と箸を動かしていた。

これは……説明が億劫《おっくう》だから、兄にすべてを語らせる気に違《ちが》いない。もともと口数が多いほうではないので、兄も瑛留もそのあたりは承知だ。

クスリと笑った兄は、左手に持っていた椀を置いて本格的に語り始めた。

「山の中で目撃《もくげき》された動物が、絶滅《ぜつめつ》したはずのニューファンドランドシロオオカミに似てるってことだけど、伝聞だから信憑性《しんぴょうせい》が今一つなんだ。ただ、その山岳《さんがく》地帯が珍しい動植物の宝庫であることは間違いない。すぐに現地に飛んで行きたいところだが、場所が厄介《やっかい》でね……この数十年前まで外国との国交を拒《こば》んでいた、小国なんだ」

それは確かに、興味深い。

瑛留も、持っていた箸を置いて本格的に兄の話に耳を傾《かたむ》けた。瑛留の気を惹《ひ》くことに成功したと思ったのか、兄は笑《え》みを深くして説明を続ける。

「父さんの人脈を辿《たど》ったり、あちこち手を尽《つ》くして、正式な調査ではなく調査のための下見ってことでビザが下りることになった。一人なら、雑……助手という名目で同行させてもらえそうなんだ。どうする？」

雑用係を助手と言い繕《つくろ》った兄にヒクッと頬《ほお》を引き攣《つ》らせた瑛留だが、魅力《みりょく》的な誘《さそ》いであることに変わりはない。

なにより、今の瑛留には有り余るほど時間がある。

「おれは、時間はたっぷりあるし……雑用係でもなんでも、同行させてもらえたらありがたいけど。いいのかな」

この春に高校を卒業した瑛留は、四月から大学生となる……予定だった。

志望していた大学の二次試験の日、予防接種を受けていたにも拘《かかわ》らずインフルエンザで寝込まなければ……。

模擬《もぎ》試験や内申《ないしん》点には問題がなく、高校でも合格確実と言われていた。父親や兄も学んだその大学でなければ進学する意味がないとばかりに、そこ一本に絞っていたことが災《わざわ》いして、浪《ろう》人《にん》生活に突入《とつにゅう》することとなったのだ。

両親や兄は不可抗力《ふかこうりょく》だと瑛留を慰《なぐさ》めてくれたし、高校の教師も「数年に一度は、こういう生徒がいる」と同情的だったけれど、自分のタイミングの悪さを恨《うら》むしかない瑛留はなんとも肩《かた》身《み》の狭《せま》い日々を送っている。

「さっきも言ったけど、正式な調査の下準備だからな。もともと、父さんと僕が行くつもりだったが……」

「亨留と瑛留で行ってこい」

兄が言葉を濁《にご》したと同時に、それまで無言だった父親がぽつりと口にした。兄は、苦笑《くしょう》を浮かべて瑛留と視線を合わせる。

「ってことだから」

「行く。荷物持ちでも記録係でも、なんでもする」

「ん。じゃあ、そういうことで」

瑛留の返事に、兄はホッとしたように唇《くちびる》を綻《ほころ》ばせて小さくうなずいた。話が一段落つくのを待っていたのか、一言も発することなく控《ひか》えていた母親が立ち上がる。

「お味噌汁、冷めちゃったでしょ。温め直しましょうか」

「……お願いしようかな」

兄は半分ほど味噌汁の残っている椀を差し出したけれど、猫舌《ねこじた》の瑛留は首を横に振って母親に答える。

「おれは、これで適温だからいい」

はいはいと兄から椀を受け取った母親は、ここしばらく沈《しず》みがちだった瑛留が兄の誘いに応じたことにホッとしているように見える。

父親も、最初から瑛留に兄と行かせるつもりだったのでは……。

兄と二十歳も歳《とし》の離《はな》れた末っ子ということもあり、幼少期から家族全員が自分に甘いことは自覚している。

「小国って、どこのどんな国？　目撃情報のある動物がニューファンドランドシロオオカミのように見えるってことは、北のほうだよね。あ、言葉は通じる？　翻訳《ほんやく》ソフトでなんとかなるなら、いいけど……」

意識してはしゃいで見せながら、図鑑《ずかん》で目にしたことのある現代に生息するはずのない大型のオオカミを思い浮かべる。

「それが、意外にもカナダ……生息地だったはずのニューファンドランド島や北米から遠く離れた、東欧《とうおう》のほうなんだ。ドイツ語圏《けん》だから、言葉は多分問題ない。彼らが生きていた一八〇〇年代当時もヨーロッパ人が行き来していたことを考えると、研究目的や愛玩《あいがん》動物として欧州に連れ出された個体が細々と種を繋《つな》いでいたとしても、あり得ないことじゃない」

動物学者にとって、絶滅種と言われる動物との邂逅《かいこう》は夢だ。瑛留の問いに答える兄も、子どものように目を輝《かがや》かせている。

「純粋《じゅんすい》なニューファンドランドシロオオカミなのか、ヨーロッパの固有種との混血が進んでいるのかも、まったくの未知数だけどね。そのものとは遭遇《そうぐう》できなくても、体毛か糞《ふん》か……なにか一つでも資料を手に入れられたらいいなぁ」

「まぁ、現地調査なんざ空振《からぶ》りがお約束だ。もう若くないんだから、山歩きの際の怪我《けが》には気をつけろ」

「僕、まだ三十八なんだけど……若くはない、かな？」

嬉々《きき》として語る兄とは対照的に、父親は淡々《たんたん》とした調子で釘《くぎ》を刺《さ》す。母親はにこにこ笑いながら、苦笑する兄の前に温め直した味噌汁の椀を置いた。

「あなたってば、本当はうずうずしているのにクールぶって。亨留も瑛留も、気をつけて行ってらっしゃい」

「うん。兄ちゃん、出発はいつ？」

中断していた夕食の続きを……と、エビフライを摘まみ上げた瑛留だが、短い兄の答えにまたしても動きを止めた。

「明後日《あさって》」

「……冗談《じょうだん》」

「いや、本気。パスポートは持ってるだろ。荷造りなんて、適当でいいんだよ」

のほほんとした言葉に絶句した瑛留は、心の中で「この天然チャンがっ」とツッコみながら拳《こぶし》を握《にぎ》り締《し》めて、バリバリとエビフライに齧《かじ》りついた。

□□□

屈《かが》み込んで解《ほど》けていた靴紐《くつひも》を結び直し、ふと顔を上げた瑛留は眉《まゆ》を顰《ひそ》めた。

「に、兄ちゃん……？　おーい？」

つい数十秒前まで目の前にいた兄の姿が、見えない。慌《あわ》ててきょろきょろと視線を巡《めぐ》らせたけれど、駅前に展開している露店《ろてん》タイプのマーケットを行き交《か》う大勢の人の姿に紛《まぎ》れてしまったのか、影《かげ》も形もない。

「えっと、電話」

焦《あせ》りそうになる自分をなんとか落ち着かせて、スマートフォンを取り出した。ドキドキしながら兄を呼び出そうとしても、繋がらない。

「……は、話し中？」

長電話をすることはないはずなので少し待ってかけ直そうと、スマートフォンをバックパックのポケットに戻す。

迷った時の鉄則は、『この場から動かない』だろう。

手持ち無沙汰《ぶさた》で立ち尽くすばかりの瑛留は、ぼんやりと人の流れを眺《なが》めた。

日本からの直行便があるドイツを経由して、鉄道を乗り継《つ》ぎ……ようやく目的地であるトィトブルクに到着《とうちゃく》したと思ったら、途端《とたん》に非常事態だ。

長袖《ながそで》シャツに薄《うす》いマウンテンパーカを重ねて着ているが、ジッとしていると少し肌寒《はださむ》い。腕を自分の手で擦《さす》りながら、ため息を零《こぼ》した。

「完全に、異邦人《いほうじん》ってやつだな」

東欧ということもあり、どこからどう見てもアジア系の瑛留は目立つようだ。目の前を通る人たちからの視線を、痛いほど感じる。

特にこの国は、つい数十年ほど前まで他国との交流がほとんどなかったそうなので、外国人が珍《めずら》しいのだろう。

なんとも言えない居心地《いごこち》の悪さに、もう一度兄へ連絡しようとスマートフォンに手を伸ばしかけたけれど、ふと動きを止める。

「なんだろ。いい匂い……」

瑛留の鼻先をくすぐった風が含《ふく》んでいたのは、花かハーブのような……もしくはお香《こう》のような、うまく言葉では形容できない芳香《ほうこう》だった。

これまで嗅《か》いだことのない匂いだけれど、心地いい。深く息を吸い込み、どこから漂《ただよ》ってきたなんの匂いなのか、元を探《さぐ》ろうと視線を巡らせた。

少しだけ顔を動かしたところで、丁度こちらを見ていた長身の男性と視線が絡《から》んだ。

人混《ひとご》みに埋没《まいぼつ》することのない長身と、日本ではあまり見かけることのない天然の白銀の髪《かみ》に目を惹《ひ》かれる。老人の白髪《はくはつ》と似ているようで異なる色味は、艶《つや》やかなプラチナブロンドというものだろう。

その人物も瑛留と視線が合ったことに気づいたのか、ゆったりとした足取りで真っ直《す》ぐこちらへ向かってくる。

距離《きょり》が縮まるにつれ、見上げる角度が開いていくのは……離れていても際立《きわだ》っていた、長身のせいだ。

「巨人《きょじん》？」

思わずそんなつぶやきが漏《も》れたのは、百六十三センチで伸び悩《なや》んでいる瑛留よりも、三十センチ余り高い位置に頭があったからだ。しかも、足を止めた彼の容貌《ようぼう》は、映画俳優と言われても納得《なっとく》できる極上《ごくじょう》の美形だった。

瑛留と比べれば目鼻立ちがハッキリとしているのは、民族的な違《ちが》いがあるのだから当然だ。ただ彫《ほ》りが深いだけではなく……黄金比とでも言うべきか、それぞれのパーツが絶妙《ぜつみょう》な配置で顔面に収まっている。瞳《ひとみ》はサファイアを思わせる見事な青で、魂《たましい》を奪《うば》われたかのように目を離すことができない。

外国人の年齢《ねんれい》はよくわからないが、兄より若そうだ。多分、三十代には届いていない。二十代……後半か？

言葉もなくぽかんと見上げるばかりの瑛留は、さぞ間抜《まぬ》けな表情になっているだろう。

「…………」

同じくジッと瑛留を見下ろしていた青年が、なにかつぶやいた？　と目をしばたたかせた直後、ビクリと肩を震《ふる》わせる。

極上の顔がやけに接近したかと思えば、無言で背中を屈めて瑛留の首筋に鼻を寄せてきたのだ。

「ぅえ？　な、なに？　なっ……っ？」

スンスンスン……。

自分の首元でなにが起きているのかは見えないが、鼻を鳴らす音？　これはもしかして、匂いを嗅がれているのだろうか。

想定外の出来事に凍《こお》りつく瑛留の頭の中では、「まさか」と「なんで？」の二つがグルグルと渦巻《うずま》いている。

「また、あの香り……が？」

しかも、風に乗って感じた心地よい香りが更《さら》に濃厚《のうこう》になった気がして、思考が鈍《にぶ》くなる。ふわふわと身体《からだ》が揺《ゆ》れているような錯覚《さっかく》に包まれるこれは、酒を飲んだ際の酩酊《めいてい》感に似ているかもしれない。

どこから漂う、なんの香りかわからないけれど……。

「…………？」

「え？　あっ」

陶然《とうぜん》としていた瑛留だが、耳のすぐ傍《そば》で響いた低い声に現実へと呼び戻される。

ビクリと身体を震わせて目を見開き、至近距離で瑛留を見下ろしている青年と視線を交《か》わした。

なんだろう。奇妙《きみょう》な『圧』を感じる。

現実離《ばな》れした美形ではあるし、体軀《たいく》も瑛留とは比べ物にならない頑健《がんけん》なもので、間違いなく力も強い。

だからといって、威嚇《いかく》されているわけではない。話しかけてきた口調も、脅《おど》そうという空気ではなかった。

なのに、なんとなく怖《こわ》い。なにが、どうとは説明できないけれど、感覚的に『怖い』としか言いようがない。

瑛留は、幼少時から自他ともに認める人懐《ひとなつ》っこい性質だ。老若男女《ろうにゃくなんにょ》問わず人見知りとは無縁《むえん》で、言葉の通じない初対面の外国人とでも談笑《だんしょう》する自信がある。

物心つく前からそれは変わらず、気難しい老紳士《ろうしんし》も厳《いか》つい顔のやくざも、臆《おく》せず無邪気《むじゃき》に笑いかける幼い瑛留には相好を崩《くず》していた……とは、両親や兄の談だ。

そんな自分が、きちんとした理由もなく怖いと感じて逃げ出したくなる相手は、初めてだった。

瑛留の反応が鈍い理由は、言葉が通じないせいだと思ったらしい。かすかに首を傾《かし》げた青年が、改めて口を開く。

「英語……ドイツ語、どちらかわかるか？」

「ど、どっちでも」

瑛留は、わずかに身を引きながら小声で答えた。

少しばかり匂いを嗅がれただけで、危害を加えられたわけではない。曖昧《あいまい》な『怖い』という感覚で警戒《けいかい》して無視するのは、失礼だろう。

「あ、やっぱりドイツ語のほう……が」

英語もドイツ語も、どちらも日常会話程度なら不自由はない。ただ、古くからの父親の友人がドイツ人という縁で、ドイツからの留学生がほぼ途切《とぎ》れず自宅にホームステイしていることもあって、ドイツ語のほうが慣れ親しんでいるのでありがたい。

ぼんやりしていた瑛留から返事を引き出すことに成功したせいか、青年はかすかな笑《え》みを浮かべてうなずいた。

「ここでなにをしている？　一人なのか？」

「あっ、それが、一緒《いっしょ》に来た人とはぐれて……」

「迷子か」

迷子という一言は、あまり嬉《うれ》しくない。まるで子ども扱《あつか》いだ。

無言で首を左右に振《ふ》って否定する瑛留に、青年はほんの少し眉根《まゆね》を寄せて不思議そうな表情になる。

「迷子じゃなくて、はぐれただけ」

言い訳じみた言い回しをした瑛留に、ふ……と微苦笑《びくしょう》を滲《にじ》ませて、風に乱された前髪を掻《か》き上げる。

「……まぁいい。一人でうろうろするのは、危険だ。共に捜《さが》そう」

そう口にした青年は、瑛留の返事を待つことなく歩き始める。こちらに向けられた広い背中が「ついて来い」と語っているようで、従うことが当然のような気分になった瑛留は、ふらりと歩を進めた。

「って、さすがにそれはマズイだろ」

右足……左足を踏《ふ》み出したところで我《われ》に返り、独り言で自身に活を入れて足を止めた。

いくら平和ボケしていると笑われる日本人、その代表格だと自覚していても、この状況《じょうきょう》で見知らぬ人について行くことなど危険極《きわ》まりないとわかっている。

しかも、つい先ほどまで『怖い』などと感じていたのに、自分でもよくわからない。

従うのが当然のような気がした、なんて……どうしてだろう？

「どうした？」

「あの、折角ですが自分で捜しますので……知らない人にご迷惑《めいわく》をかけられませんし」

立ち止まった瑛留を振り向いた青年に、「ごめんなさい」と「ありがとう」の意味を込めて頭を下げる。

丁重《ていちょう》にお断りをしたつもりだが、青年は「ああ」と自分の胸元《むなもと》を指差して口を開く。

「シグルズだ。ジークでいい」

そう名乗った青年は、自然な仕草で瑛留の胸元に指先を向けた。視線で促《うなが》されて、するりと名前を告げる。

「瑛留」

「エール？　いい名だ。これで、知らない人ではないだろ」

「ええっ、そんな強引《ごういん》な。あっ……待ってください」

つられて名乗っただけなのだが、あっさりと知り合い認定《にんてい》されてしまった。しかも、反論しようと焦《あせ》る瑛留の手からスーツケースを引き取り、スタスタと歩き出す。

着替《きが》えや雑貨が詰《つ》まった大きなスーツケースは、二十キロ近くあるのに……地面を転がすのではなく、車輪がすべて浮いていることに気づいて目を瞠《みは》った。それを、ジークと呼ぶよう口にした青年は左手一本で持っている。

「ジーク……っ」

追いかけないわけにはいかず、小走りでジークの後を追う。

人混《ひとご》みから頭一つ飛び出した長身が幸いして見失うことはないと思うが、のろのろしていたら置き去りにされそうだ。

兄が戻ってくるかもしれないので、駅前からあまり離れたくないのに……。

つかず離れずの距離を保ったまま、百メートル余りは行き交う人のあいだを縫《ぬ》って歩いただろうか。

「瑛留っ」

聞き覚えのある声が耳に飛び込んできて、ドッと安堵《あんど》が込み上げた。声が聞こえてきたほうに目を向けると、幸いにも進行方向に兄の姿が見える。

「兄ちゃん。ここ！」

手を上げて大きく振り回し、ここにいると合図をした瑛留は、兄の隣《となり》に立つ人影《ひとかげ》に気づいて目をしばたたかせた。しかも、知り合いだったのか、その人はジークと言葉を交わしているようだ。

瑛留を振り向いたジークと、小走りで駆《か》け寄って来た兄のあいだで視線を往復させて、頬《ほお》の強張《こわば》りを解いた。

「よかった、兄ちゃん。どうなることかと」

「それは、こっちの台詞《せりふ》だ。……寿命《じゅみょう》が縮んだ」

瑛留の肩に両手を置き、泣きそうな顔と声でそう言って特大のため息をついた兄に、「ごめんなさい」と返す。

瑛留と兄とが話していると、ジークともう一人の青年がゆっくりと歩み寄ってきた。

「捜し人が無事に見つかったようなので、一休みしませんか？　すぐ近くに、美味《おい》しいケーキを食べられるベーカリーがあります」

「ああ」

「そうですね」

静かに口を開いた青年の提案にうなずいたのは、ジークと兄だ。

翠の瞳と目が合い、にこりと笑いかけられたが、瑛留は微妙に首を傾げて『はい』とも『いいえ』とも取れる、あやふやな反応をするので精いっぱいだった。

「ええと……」

兄と一緒にいた人……ジークとも知り合いらしいが、瑛留は初対面だ。

金の糸のようなキラキラの長い髪《かみ》は、首の後ろで一つに結んでいる。百八十センチある兄よりは少し頭の位置が低いけれど、すらりとした長身。エメラルドの瞳に、女性的ではないのに綺麗《きれい》としか形容しようのない華《はな》やかな顔立ち。ジークとは系統が異なってもこれまた美形で、瑛留は気後《きおく》れするばかりだ。

瑛留の困惑《こんわく》は、視線を絡《から》ませた青年に明確に伝わったらしい。

「あ、申し遅《おく》れました。私はフレイです。……こちらです」

ジークとの共通点は、『美形』ということだけではない。よく似た気質の、強引一歩手前のマイペースな人のようだ。

この国の人は、みんな『こう』なのか？

困惑して視線で助けを求める瑛留をよそに、恐《おそ》ろしく順応性の高い兄は「いいね、美味しいケーキ」と笑って、彼の後について歩き出す。

「兄ちゃんっ？　ちょ……ちょっと、待って」

こうなれば、瑛留には『ついて行かない』という選択肢《せんたくし》はない。

兄が一緒だから、なんとかなるだろう……と一つ息をついて、乗り気ではないせいか重く感じる足を踏み出した。

《二》

フレイと名乗った青年に案内されたベーカリーは、日本で慣れ親しんだコーヒーショップチェーンと同じようなセミセルフのシステムを適用しているようだ。

個人商店らしく、瑛留が両手を広げたくらいの幅のカウンターケースしかない。そこに並んだ品物を選んで中年男性に代金を支払うと、木のトレイに飲み物と一緒《いっしょ》に載《の》せてカウンター越《ご》しに渡《わた》される。

「すみません、僕たちはカードしか持っていなくて」

恐縮《きょうしゅく》する兄に、ふわりと笑ったフレイが答える。

「お気になさらないでください。このマーケットでは、現金しか使えませんから」

ガイドと合流してから両替《りょうがえ》の手配を頼む予定だった瑛留と兄は、この国の通貨さえ所持していないので、フレイとジークに甘えることになってしまった。

店頭というより道路の端《はし》に、申し訳程度に設置されている木製の丸いテーブルを四人で囲んで座った瞬間《しゅんかん》、身体《からだ》の力が抜けた。

どうやら、自覚していたよりもずっと疲れていたようだ。

「とりあえず、腹ごしらえだな。 いただきます」

「いただきます」

兄に倣《なら》い、両手を合わせて薄《うす》い紙に包まれた長方形の焼き菓子《がし》を手に取る。形はカステラに似ているが、見た目よりもずっしりとしている。

「あ、美味しい」

予想より固いけれど、嚙《か》み応《ごた》えがあって甘い。そして、香《こう》ばしい。断面を見ると、ドライフルーツやナッツが生地《きじ》に交ぜられているようだ。

飲み物は、色や香りからコーヒーではなく、お茶のようなものだと思われる。

無言でケーキを齧《かじ》る瑛留をよそに、兄はフレイと言葉を交《か》わしていた。

「本当に、助かりました。駅で合流する予定だったガイドとは連絡《れんらく》がつかないし、弟の瑛留とははぐれるしで、途方《とほう》に暮れていたので。瑛留がフレイの連れと一緒だったとは……偶然《ぐうぜん》とはいえ、幸運だった」

「偶然……まぁ、そうですね。私がトールに声をかけたのには理由がありましたが、……彼と会ってわかりました」

チラリとテーブル越しにこちらを見たフレイと視線が合った、と感じたのは一瞬なので、気のせいかもしれない。

にこやかなフレイとは対照的に、ジークは表情を変えることもなく無言だ。馴《な》れ馴れしいほど遠慮《えんりょ》なく瑛留に接していた先ほどまでとは、別人のようで戸惑《とまど》う。

「トールは、ここになにをしに？　首都中心地ならともかく、このあたりに外国から人が来ることは滅多《めった》にないので……」

「見られてますねぇ」

フレイが濁《にご》した語尾《ごび》を継《つ》いだ兄は、苦笑《くしょう》してマーケットの中心を貫《つらぬ》く通りに目を向ける。

通りかかった人たちの視線は瑛留も感じているのだから、いくら鈍《にぶ》いところのある兄でもさすがに意識せざるを得ないのだろう。

瑛留は、動物園のパンダの気持ちがわかる日が来るとは……と思いつつ、意図的に視線を無視してケーキを齧り続ける。

「僕は、動物学者でして……このあたりの地域には固有の動植物が多いと聞き、調査……のための、下見に来ました。今回は正式なものではないので、調査を言い訳にした観光みたいなものです。弟の瑛留は、一応助手です」

「エール？　トールもいい名前だと思いましたが……エールも素敵《すてき》な名ですね」

笑いかけられた瑛留は、「どうも」とフレイに軽く頭を下げて、ジークにも名前を褒《ほ》められたなぁと思い出す。

それと同時に、瑛留の隣《となり》に座る兄がフレイに言葉を返した。

「フレイと……そちら、ジークも確か神話の……北欧《ほくおう》神話、いやゲルマン神話でしたか？　そのあたりには詳《くわ》しくなくて」

「……ええ。一族に継《つ》がれる名です。族長……私たちのリーダーであるシグルズは古ノルド語で、ドイツ語読みではジークフリート。こちらのほうが外国の方には馴染《なじ》みがあるかと」

族長？　若そうに見えるのに？

フレイの言葉に興味を惹《ひ》かれた瑛留は、手元から顔を上げてチラリとジークを見遣《みや》る。

兄にコミュニケーションを丸投げしている瑛留も似たようなものかもしれないが、面倒《めんどう》な説明はフレイに任せたと言わんばかりの態度だ。尊大にも思える所作は、族長という立場ならわからなくもない。

「調査とは？」

これまで無言だったジークが、短く口にする。

ジークの邪魔《じゃま》をしないようにか、フレイはピタリと口を閉じた。その振《ふ》る舞《ま》いは自然で、リーダーという肩書《かたが》きがますます説得力を持つ。

「真偽《しんぎ》不明の噂《うわさ》です。トイトブルクのヤルンヴィド自治区の山間部に、絶滅《ぜつめつ》したはずのオオカミが生息しているのではないかと聞き及《およ》びまして……なにか一つでも、手がかりを掴《つか》めないものかと。大抵《たいてい》は他《ほか》の動物の見間違《みまちが》いとかで空振りに終わるんですけど、絶滅種の発見は学者にとって夢ですから」

兄の説明に、ジークはほんのわずかに眉《まゆ》を震《ふる》わせただけで無言だ。フレイは興味を持ったのか、笑《え》みを消して兄に質問を重ねた。

「オオカミ……ですか。写真とかはありますか？」

「それが、確かなものはなにもないんです」

「……なのに、わざわざ異国の地に出向いたのか？　物好きだな」

ボソッと口にしたジークの言葉は、皮肉というより嫌味《いやみ》を含《ふく》んでいたけれど、兄は笑って受け止める。

「自分でもそう思います。でもまぁ、好奇心《こうきしん》が旺盛《おうせい》でなければ、学者なんてものはやってられないですから」

「フットワークの軽さと、コミュニケーション能力も必需品《ひつじゅ》だよね。野宿したり野草を食べたりできる度胸と、胃腸の強靭《きょうじん》さも。あと町の中では方向音痴《おんち》なのに、山では何故《なぜ》か迷わない野性の方向感覚と……」

兄と父の『調査』を間近で見聞きしてきた瑛留は、指を折ってアレコレ挙げながら続きを口にする。

フレイは「ふふふっ」と楽しそうに笑い、ジークは眉間《みけん》に寄せた皺《しわ》を少し深くして、嫌味の通じない兄は「適職だろう」と胸を張った。

「確か、ガイドと連絡がつかないと言われてましたね。私たちの一族は、トールたちの目的地近くに居住しているんです。今から帰るところなので、よければご案内しましょうか。滞在中《たいざい》の宿等も提供します」

予想もしていなかったフレイの申し出に、兄と顔を見合わせる。

リーダーだと言っていたジークの意見を聞かずに、そんなことを言い出してもいいのか？と心配になり、横目でジークを窺《うかが》い見た。

瑛留の視線に気づいたのか、フレイがジークに向かって小声で話しかけてジークが短く答える。現地語らしく、瑛留にはなにを話したのかわからなかったけれど、フレイが大きくうなずいた。

「ジークも、そうすればいいと言っています。リーダーが決定したことに反対する者はいませんので、是非《ぜひ》」

「……じゃあ、お願いしようかな。ありがたい」

さほど考える様子もなくフレイに頭を下げた兄に、焦《あせ》った。瑛留は、兄が着ているシャツの袖《そで》を隣から引っ張って耳打ちする。

「兄ちゃん、大丈夫《だいじょうぶ》？」

日本にいる時からやり取りしていたガイドならともかく、数十分前に逢《あ》ったばかりの人たちだ。金目のもの……は、さほど持っていないが、簡単について行ったりして大丈夫なのだろうか。

「これも、なにかの縁《えん》だ。他に頼《たよ》れる人もいないし……渡《わた》りに船ってやつだな。得体の知れない外国人を受け入れる彼らも、結構なリスクを踏《ふ》まえた上での親切だろ」

「そうかも……だけどっ、何十……何百対二なんだろう？　とか……心配にならない？」

声を潜《ひそ》め、よからぬことを考えている人たちなら「多勢に無勢」という状況《じようきよう》になるのでは、と不安を零《こぼ》す。

「疑えばキリがない。案ずるより産むが易《やす》し」

能天気な兄は、瑛留の懸念《けねん》を「あははっ」と笑って流して、フレイに「よろしく」と頭を下げた。

この無防備さで、今まで無事だったのだから……余程《よほど》運がよかったのか、奇跡《きせき》的なまでに人との出逢いに恵《めぐ》まれていたのか。

ため息をついたと同時にジークと目が合い、ビクリと肩を震わせた。

瑛留も人懐《ひとなつ》っこいと言われているし、絶え間なく自宅にホームステイする留学生たちとも難なく打ち解けてきた。

兄ほどではないにしても、コミュニケーション能力にはそれなりに自信があった。

でも、ジークが相手だとなんとなく身構えてしまう。

どうしてなのか、わからないのに……胸騒《むなさわ》ぎとでもいうものか、ジークと視線が合うとざわざわする。

ぎこちなくジークから目を逸《そ》らした瑛留は、視線を逃がしたことに気づかれないようカップの飲み物を一気飲みした。

□□□

「休むか？」

ゼイゼイと肩で息をしている瑛留とは対照的に、振り向いて休憩《きゅうけい》するかと尋《たず》ねてきたジークは息も切らしていない涼《すず》し気な顔だ。

しかも、ジークは瑛留のスーツケースを左肩に担《かつ》いでくれている。

瑛留はバックパックを一つ背負っているだけなのに、膝《ひざ》がガクガクしていて情けない。日頃《ひごろ》の運動不足を痛感する。

「だ、大丈夫です。すみません、おれの荷物まで」

駅前から乗り合いバスに揺《ゆ》られて、二時間。歩き出して、二時間。一時間ほど前からは、舗《ほ》装《そう》どころかろくに整備もされてなさそうな山道……いや、これは獣道《けものみち》と呼んだ方がいいのではないかと思うような悪路を進んでいる。

なだらかな坂道を歩いているうちは、まだよかった。道がだんだん細くなり、坂の傾斜《けいしゃ》がきつくなり……草が生え、剝《む》き出しの石や岩が目につき始めると、登山靴《とざんぐつ》が必要だと言われた理由がわかった。

スーツケースの車輪が無用の長物となり、瑛留が重量のあるスーツケースを持て余すより早く、ジークが引き取ってくれたのだ。

「これくらいなら軽い」

なんともなさそうに言っているが、ジークが持っている荷物は瑛留のスーツケースだけではない。黒いザック型のバッグを二つ、右肩にかけている。内容物にもよると思うが、歩を進めるたびに揺れるバッグの動きからも、軽そうには見えない。

細身に見えるフレイも意外と力持ちらしく、兄の荷物と自身の荷物を両肩にかけている。

「日暮れまでには着けそうです……か？」

疑問形でジークに話しかけたフレイは、ふらふらになっている瑛留をチラリと見て苦笑《くしょう》している。

ジークとフレイが平然としているのは当然として、山歩きに慣れている兄も、まだ余裕《よゆう》がありそうだ。

「そうしたいものだ。俺たちだけなら問題ないが、エールとトールは身動きが取れなくなるだろう。余計な荷物を担ぎたくない」

「う……頑張《がんば》ります」

余計な荷物とは……瑛留を指しているに違《ちが》いない。ジークの背中にぐったりと覆《おお》いかぶさる、情けない自分の姿を想像して足に力を込める。

ただでさえ、私物のスーツケースを任せているのだ。更《さら》に足手纏《あしでまと》いになど、なりたくない。

「瑛留、張り切りすぎて転ぶなよ」

「ん、気をつける」

気負いすぎると空回りする、厄介《やっかい》な瑛留の性格を知り尽《つ》くしている兄に大きくうなずくと、大きな石を踏み越える足の裏に意識を集中させた。

兄とフレイは、ぽつりぽつりと会話を交《か》わしながら歩いている。

フレイとジークがドイツ語に堪能《たんのう》なのは、一族から選抜《せんばつ》されて数年間留学していたためだ……とか、迷い込んできた人間以外に部外者を集落に入れたことはこれまで一度もないとか。フレイは山奥の集落から数ヶ月に一度の買い出しに出たところ、瑛留と兄に出逢ったのだとか。

断片的《だんぺん》に耳には入るものの、山道を歩くのに必死になっている瑛留は会話に参加できる状態ではない。

時おり、チラリと振り向くジークと目が合うだけだ。それが、瑛留がきちんとついて来ているか確認《かくにん》してくれていたのでは……と気がついたのは、立ち止まったジークが「着いたぞ」と短く口にした時だった。

ハッと顔を上げた瑛留の前で、ジークが樹《き》から垂れ下がった大きな葉を纏《まと》う蔦《つた》のようなものを掻《か》き分ける。途端《とたん》に視界が明るくなり、その先が開けた土地になっているのがわかった。

「ジークが皆《みな》に話しますので、トールとエールはこちらで少しだけ待ってください」

フレイの言葉にうなずくと、久々だというジークの帰郷を歓迎《かんげい》しているらしい大勢の声が聞こえてくる。

男性、女性、子ども……たくさんの声は耳に入るけれど、言葉の内容が理解できない。どうやら、彼らのあいだでだけ通じる独自の言語を使っているらしい。

もしかして、ここで言葉が通じるのはフレイとジークだけだろうか。それでも、意思疎通《いしそつう》ができる相手がいるだけ幸いだったと喜ぶべきか。

無言で視線を交わした兄も、どうやら瑛留と同じことを考えていたようだ。一抹《いちまつ》の不安を感じている瑛留とは違い、超《ちょう》がつくポジティブ思考の兄らしく嬉《うれ》しそうな笑顔《えがお》だが。

「……、……！」

ジークが経緯《けいい》を説明しているらしく、シン……と静かになった。

「…………」

毅然《きぜん》とした調子で語るジークに、フレイがやんわりとした口調で一言二言つけ足す。さほど多く語ることなく、振り向いたフレイに手招きをされた。

兄と顔を見合わせてうなずき、足を踏み出した。

基本的に物怖《ものお》じをしないとはいえ、異国の地で、未知の民族との初顔合わせだ。緊張《きんちょう》のあまり手のひらに汗が滲《にじ》み、心臓が早鐘《はやがね》を打っている。

兄がなにを思っているのかは、わからないけれど……一人ではないことが、心強い。

「トール。エール」

「初めましてっ」

短く名前を呼ばれて、反射的に頭を下げた。身に染《し》みついた習慣は、恐《おそ》ろしい……と頬《ほお》を緩《ゆる》める。

顔を上げた瑛留は、興味深そうな顔でこちらを眺《なが》めている人々に視線を巡《めぐ》らせた。

ジークとフレイもそうだが、淡《あわ》い色の髪《かみ》をしている人が多い。外見の特徴《とくちょう》からすると、ゲルマン民族というよりも、スラブ系に近い遺伝子を持っているのかもしれない。

天然の染料《せんりょう》のようだが、鮮《あざ》やかな色の糸で柄《がら》が入ったシャツやワンピースのような衣服を着ている。靴は、動物の革《かわ》を縫《ぬ》い合わせて足に合うものを作っているらしい。フレイとジークは民族衣装《いしょう》ではなく、厚手のシャツとカーゴパンツ、瑛留たちと同じようなトレッキングシューズを身に着けているので、外部へ出かける際と集落にいる時とで使い分けているのかもしれない。

ここから見える位置にある建物は、基礎《きそ》に当たる土台は石を積み上げ、壁《かべ》の部分はしっかりとした木を組んで建てられており、屋根は写真で見たことのある茅葺《かやぶき》のようなものだ。建物の脇《わき》には、井戸らしきものもある。

まだよくわからないが、山の奥深くに居住していることから予想していたよりも、近代的な生活環境《かんきょう》のようだ。

これで全員なのかどうかは不明だが、四、五十人に無言で全身を観察されるのは、あまり気持ちいいものではない。

奇妙《きみょう》な沈黙《ちんもく》に息苦しくなってきた頃、傍観《ぼうかん》していたジークが口を開いた。

「紹介《しょうかい》は済んだな。エールとトールには、俺の住処《すみか》の隣《となり》に丁度空きがあるから、そこに滞在《たいざい》してもらう。フレイ、案内しろ」

「はい。こちらです」

こんな簡単なやり取りで紹介が済んだのか？　と、戸惑《とまど》って兄を見上げる。

ゆっくり歩きながら瑛留を見下ろした兄は、「美形の多い民族だなぁ」と的外れな感想を口にして、のほほんと笑った。

「兄ちゃん……これでいいわけ？」

「槍《やり》とか弓を突《つ》きつけられなくて、よかったじゃないか」

瑛留の言葉に、兄は笑みを浮かべたまま返してくる。顔は笑っているが、本気なようで……怖い。

そうか。そうだよな。敵意を向けられなかったのは、幸いだった。

どこか釈然《しゃくぜん》としないながらも、それだけは確かだと納得《なっとく》する。

たぶん、いや間違いなくジークとフレイのおかげ……とジークを振り向いたと同時に、視線が絡《から》んだ。

「……ッ」

心臓が、ドクンと大きく脈打つ。一度は落ち着いていたのに、動悸《どうき》が激しくなって胸の奥がざわざわする。

食い入るように、真っ直《す》ぐ……瑛留だけを見詰《みつ》めているのは、どうしてだろう。

コクンと喉《のど》を鳴らした瑛留は、目礼もできずにぎこちなく顔を背《そむ》けたけれど、ジークの視線を背中に感じて振り返ることができなかった。

《三》

建物の外から、人の声や物音が聞こえてくる。

目を開けた瑛留が小窓を見上げると、虫の侵入《しんにゅう》を防ぐための薄布越《うすぬのご》しに、ぼんやりとした朝日が差し込んでいた。

「兄ちゃん……は、外か」

すぐ傍《そば》で就寝《しゅうしん》した兄の姿はなく、欠伸《あくび》を一つ零《こぼ》した瑛留は、のっそりと身体《からだ》を起こした。

電気のないこの集落では、陽《ひ》が落ちるとオイルランプか蠟燭《ろうそく》が頼《たよ》りとなる。自然と眠りにつくのが早く、人々は夜明けと共に活動を始める。

順応性の高い兄は、二日で彼らの生活に馴染《なじ》んだ。今朝も起床《きしょう》の遅《おそ》い瑛留を放置して、とっくに身支度《みじたく》を整えていることだろう。

パジャマ代わりのTシャツの上から長袖《ながそで》のシャツに袖を通して、コットンパンツを生地《きじ》の厚いカーゴパンツに穿《は》き替《か》える。

靴下を履《は》きながら、

「しっかりたっぷり寝《ね》てるのに育ちが鈍《にぶ》いのは、なんでかなぁ」

小さく独り言《ご》ちて、寝る子は育つんじゃなかったのか？　と自分の手足を見下ろした。長身の兄とは似ていない……のは、事情が事情なので仕方がないとしても、もう少し育ってくれてもいいと思うのだが。

「そもそも、骨格が違《ちが》うんだよなぁ」

筋肉もつきにくい体質らしく、兄と共に腹筋や腕立て伏《ふ》せで鍛《きた》えようとしても瑛留は筋肉痛になるばかりで、無駄《むだ》な努力かと投げ出してしまった。

「めちゃくちゃ非力だって思われてそう……っていうか、力がないのは事実か」

昨日、薪《たきぎ》として使う木の枝を抱《かか》えようとした時にふらついて、脇からジークに取り上げられたのだ。

礼を言おうとしたのに、「エールには重いだろう」と鼻で笑われたことで、ムッと唇《くちびる》を引き結んだ。

ここに来て五日が経《た》つのに、どうにもジークとは馴染めない。世話役を買って出てくれたのか、行動を共にしているフレイとはすっかり打ち解けたが、ジークが近づいてくると無意識に身構えてしまう。

「瑛留、まだ寝て……起きてるじゃないか。朝飯だぞ」

「あ、うん。ごめん、朝食の準備……」

ドアを兼《か》ねた、暖簾《のれん》のような布を掻《か》き分けて入り口から顔を覗《のぞ》かせた兄に名前を呼ばれ、ビクッと振《ふ》り向いた。

またしても、朝食の準備をサボってしまった。ここでは、四、五歳の子どもでもきちんと手伝いをしているのに、瑛留は朝食の後片付けしかしていない。

ごめんなさいと肩を落とした瑛留に、兄は「体力の回復が最優先だ」と苦笑《くしょう》する。

「気にするな。フレイが、連日の山歩きで疲《つか》れているみたいだから寝かせておいてあげて、って言ってくれたから」

気遣《きづか》いはありがたいが、兄ならともかくフレイにまで体力がないことを見透《みす》かされているのかと思えば、ますます情けない。

山の中を散策している時も、頻繁《ひんぱん》に「エール、大丈夫《だいじょうぶ》？　休憩《きゅうけい》する？」と心配されるのだ。自分がいなければ、兄は調査の為《ため》の行動範囲《はんい》をもっと広げられただろうと思えば、今の瑛留はただの足手纏《あしでまと》いだ。

助手という名目で、同行させてもらったのに……。

「おーい、瑛留？　ぼぅっとして、まだ寝ぼけてるのか？　フレイたちが待ってるぞ」

「あっ、うん。ごめんなさい。すぐ行く」

落ち込むだけの時間は、無駄だ。うなずいた瑛留は、カーゴパンツのベルトを締めながら急いで建物を出た。

共同で使用している窯《かま》の周りを住民が囲み、手際《てぎわ》よく配膳《はいぜん》している。石の台には、焼き上がった薄いパンが次々と積み上げられ、数枚ずつ木の皿に移されていく。

少し深い木の椀《わん》に注がれるのは、搾《しぼ》りたての新鮮《しんせん》な山羊《やぎ》のミルク。同じく山羊のミルクで作られたチーズと、蜂蜜《はちみつ》漬けの木の実を薄いパンに挟《はさ》んで朝食にする。

どんな食生活なのだろうと、戦々恐々《せんせんきょうきょう》としていた瑛留だが、これならご馳走《ちそう》と言ってもいいと思う。

窯の脇に立っているジークと目が合い、手招きをされた。無視するわけにもいかず、おずおずと近づく。

「エール。きちんと休めたか」

「……はい。おはようございます」

軽く頭を下げて答えた瑛留に、ジークはパンを積み上げた皿を手渡《てわた》してきた。反射的に受け取った瑛留を見下ろして、微笑《びしょう》を浮かべる。

「しっかり食え」

「あ、ありが……とう」

六枚切りの食パンより薄いとはいえ、クレープよりは厚みがある。それが、二十枚くらいは重ねられているだろうか。

しかも、大きな塊《かたまり》から取り分けたチーズをどさりと載《の》せ、蜂蜜漬けの木の実をたっぷりとかけられた。

うっかり落とさないよう重量のある木の皿を両手で持ち、よろよろと兄の傍へと歩を進める。両手にミルクの入った椀を持っている兄は、途方《とほう》に暮れた顔をしているだろう瑛留を見下ろして「ははは」と笑った。

「過剰《かじょう》な愛情表現だな」

「愛情っ？　貧相《ひんそう》な身体だっていう、嫌味《いやみ》じゃなくて？　朝だけじゃなくて、夜ご飯も、食べ切れないくらい盛られるんだけど」

ジークにチラリと目を向けて、小声で反論する。

数日暮らして痛感したことだが、ここでは女性より非力なのだ。力仕事では完全に戦力外で、瑛留ができることと言えば子どもと一緒《いっしょ》に小枝を集めたり、窯に火を起こしたり……食後の後片付けをしたりするくらいか。

世話になるのだからお客様扱《あつか》いされる気はないという兄は、若い男性たちに交じって力仕事をしているのに、瑛留は同じことをしようとしても足手纏いにしかならないのだ。

ジークや他《ほか》の住民が瑛留のことをどう思っているのか、フレイに尋《たず》ねればわかるかもしれない。

けれど、「厄介《やっかい》なお荷物」と返ってくる可能性を考えれば怖くて聞けない……という意気地《いくじ》のなさが、ますます情けない。

しゅんとした瑛留に、兄は「なに言ってんだ」と真顔になる。

「ここは飽食《ほうしょく》の日本じゃないんだ。食べ物を分け与えるっていうのは、好意と持て成しの基本だろう」

「あ……そっか。そう、かも」

友好的なフレイとは違い、ジークはなんとも威圧《いあつ》感があって近寄りがたい。まともに目を合わすこともできず、きちんと話したこともないが、朝に夕に瑛留へたっぷり食べさせようとするのは彼なりの精いっぱいの持て成しなのかと思えば、怖がったりして申し訳ないという気分になった。

「そうですよ。ジークはエールのことをすごく気に入っているので、好きになってもらおうというアピールです」

会話が聞こえていたのか、兄の背後からフレイが顔を覗かせる。真剣《しんけん》な顔でジークの行動の意味を語られて、兄が噴《ふ》き出した。

「ぶはっ、野生動物の求婚《きゅうこん》みたいだなぁ」

確かに、動物が求婚する際、せっせと餌《えさ》を運んでくる……という映像は、瑛留も何度も目にしたことがある。

でもそれを、あの……ファッション誌の表紙を飾《かざ》っていても不思議ではない迫力《はくりょく》のある美形、それも当てはめるのは失礼なのでは。

「兄ちゃん、それはジークに失礼だ。なんでも動物の行動に譬《たと》える癖《くせ》、やめた方がいいよ」

「人間だって、動物だぞ」

「そうだけど……フレイが笑ってるよ」

自分たちの話を聞いているフレイは、日本語はわからないはずだが楽しそうにニコニコしている。

自分の名前は聞き取れたらしく、笑《え》みを浮かべたまま口を開いた。

「今日は、どのあたりに行きましょうか。昨日とは反対側ですか?」

フレイは、亨留と瑛留のガイドとして山歩きのサポートをしてくれている。オオカミの手がかりを求めてこのあたりを散策しているのだが、今のところ痕跡《こんせき》さえ見つけられていない。それでも、兄は楽しそうだ。

「そうだな……反対側に行ってみよう。フレイは、オオカミを見たことはないって言ってたけど、遠吠《とおぼ》えを聞いたこともない?」

フレイは、兄の問いに首を傾《かし》げて少し考えていたけれど、

「わかりません」

と、申し訳なさそうに返した。

ずっとこの土地に住んでいるフレイたちが、オオカミを見たこともなく気配を感じたことさえないのなら、その存在の信憑性《しんぴょうせい》は危《あや》ういのではないだろうか。

そうしてマイナス思考になる瑛留とは逆に、兄はとことん前向きだ。

「僕たちにとっての野良猫《のらねこ》や雀《すずめ》みたいに、当たり前の存在だったら意識することもないだろうし……自然と、長く共生しているかもしれないなぁ」

子どものように楽し気な表情でそう言いながら、木の生《お》い茂《しげ》る山のほうを眺《なが》める。

フレイも、瑛留と同じように子どもみたいだと思っているのか、「ふふっ」と笑って兄の横顔を見上げていた。

□□□

「見事な満月だな」

ふと空を見上げて零《こぼ》した兄に釣《つ》られて、瑛留も頭上を仰《あお》ぐ。日が落ちてすぐなので、月の位置は低いけれど、丸々とした満月であることは一目瞭然《りょうぜん》だ。

「……大きい」

月の出すぐのせいか、赤みの強い大きな月が目に入った途端《とたん》、ざわりと首の後ろに悪寒《おかん》に似たものを感じて眉《まゆ》を顰《ひそ》めた。

いつからなのかは忘れたが、満月を目にすると、胸の奥がもやもや……ざわざわする。禍々《まがまが》しいとも、神々《こうごう》しいとも言える、不可解な感覚に全身を包まれるようなのだ。

シャツの胸元《むなもと》を無意識にギュッと握《にぎ》り締《し》めた瞬間《しゅんかん》、斜《なな》め後ろから低い声が聞こえてきた。

「満月に血が騒《さわ》ぐのは、動物だけではないからな」

「ッ！　……ジーク」

気配を感じなかったので、とてつもなく驚《おどろ》いた。バクバクと脈打つ心臓をシャツの上から押さえて、肩を並べてきたジークを見上げる。

無言で月を見上げるジークに表情はなく、血が騒ぐという発言とはかけ離《はな》れた冷淡《れいたん》な空気を纏《まと》っている。

「今夜は、特別な祭事がある。エールとトールにも参加してもらいたい」

「僕たちは構いませんが、部外者が参加してもいいものなんですか？」

兄の疑問は、そのまま瑛留の疑問でもある。

特別な祭事というのなら、住民たちは部外者が関《かか》わるのを嫌がるのではないだろうか。

日中はフレイに案内されて山歩きをしていることもあり、必要最低限の雑事を共にすることはあってもそれ以外の交流はほとんどないのだ。

彼らも、亨留と瑛留をどう扱えばいいのか迷っているのかもしれない。

族長のジークが受け入れていることで表向きは友好的だが、真意は知る術《すべ》がないのだから、突然《とつぜん》「祭事に参加を」と誘《さそ》われても困る。

躊躇《ためら》う兄と瑛留をよそに、ジークは簡潔に答えた。

「問題ない。準備をしてもらいたいから、トールはフレイに身支度《みじたく》を任せろ。エールは、俺とこちらへ」

淡々と話を進めるジークは、身体《からだ》を捻《ひね》り、少し離れたところにいるフレイを呼び寄せる。

こちらに歩いてくるフレイは、いつもと変わらない微笑《びしょう》を浮かべているけれど、瑛留は胸の奥から奇妙《きみょう》な不安が湧《わ》くのに戸惑《とまど》った。

「……兄ちゃん」

「なんだ。その、困ったって顔は。取って食われるわけじゃないだろうし、ジークと打ち解けるいい機会だ」

こそっと呼びかけた兄に、笑って背中を叩《たた》かれる。瑛留がジークをなんとなく苦手としていることは、言葉にしなくても態度に出ていたらしい。

と、いうことは……本人にも伝わってしまっている可能性が高い。

そろりとジークを見上げた瞬間、タイミングよく青い瞳《ひとみ》と目が合ってしまった。

「エール」

短く名前を呼びながら差し出された手を、突《つ》っ撥《ぱ》ねる理由は……思いつかない。

そっと右手を伸ばすと、当然のように握られる。瑛留の手を包み込むような大きな手は、あたたかい。

それなのに、漠然《ばくぜん》と『怖い』と感じるのは何故《なぜ》だろう。

たまたま駅前で出逢《であ》っただけの外国人の自分たちをコミュニティに招き入れ、住むところから食事まですごくよくしてくれていると思う。フレイをガイドとしてサポートにつけてくれなければ、兄と二人で山歩きなど不可能だった。

そんな人に対して理由もなく苦手意識を持ち、引き気味になっている自分が、ものすごく悪いことをしているみたいだ。

「…………」

瑛留の手を引いて歩を進めるジークの後ろ姿を、ジッと見詰《みつ》めた。

大きな背中、筋肉に覆《おお》われた腕に、力強く瑛留の手を握る長い指。自分にはないものばかりで、『羨《うらや》ましい』と『妬《ねた》ましい』が複雑に入り混じる。

自分たちがここに来て一週間足らずなのに、大人も子どももジークを信頼《しんらい》して頼《たよ》り、慕《した》っていることがわかる。

瑛留もここの住人なら、彼に任せていれば大丈夫《だいじょうぶ》だと、迷いの欠片《かけら》もなくリーダーとしてジークに従うはずだ。

群れで行動する動物を見ていればわかるが、統率《とうそつ》するリーダーは纏《まと》う空気が違《ちが》う。自然発生した場合でも、戦いによって勝ち取った立場でも、カリスマ性ともいえる格を感じる。

常に物静かで堂々としていて、観察力がある。わずかな異変も見逃《みのが》すことなく、不審《ふしん》な気配があれば率先《そっせん》して森の中に分け入る。

そんなジークが人々を取り纏める立場にいるのは、瑛留でも当然だと思う。

松明《たいまつ》やランプを持っているわけではないのに、ぼんやりと明るい。満月の浮かぶ夜空から、眩《まばゆ》いほどの月光が降り注ぐせいだろうか。

心臓が、ドクドクと激しく鼓動《こどう》している。ジークの後について歩いているはずなのに、ふわふわと身体が浮かんでいるみたいだ。

髪《かみ》を揺《ゆ》らす風に乗って、心地《ここち》いい匂《にお》いが鼻先をくすぐる。なんとなく憶《おぼ》えのあるこれは……なんだろう。近くで咲《さ》いている、花の香《かお》りだろうか？

「いい匂い……？」

瑛留は小声でつぶやいたつもりなのに、すぐ前を歩くジークの耳に届いたのかもしれない。チラリとこちらを振り向き、視線が絡《から》んだ。

端整《たんせい》な顔が近づき、反射的に背中を反らしてしまった。

瑛留の動きは失礼なものだと思うが、ジークは気にする様子もなく微《かす》かな笑みを浮かべる。

「エールも」

ジークが、どうしてそんなふうに口にしたのかわからないけれど、これまでジークが近くにいると全身を包んでいた緊張感《きんちょうかん》が和《やわ》らいでいる。

兄もフレイも傍《そば》にいないのに、大丈夫そうだ。

ふっと息をついた瑛留は、これまでになく肩の力を抜いて、ジークに先導されるまま歩き続けた。

《四》

奇妙な空気が、集落全体を覆っているようだ。大勢の人がいるはずなのに、集落の外れにある瑛留たちのいる小屋には人の声も物音も聞こえてこない。

「ジーク、この服……は」

「祭事の際の、決まりだ」

これを着ろと差し出された衣服に戸惑ったけれど、そんなふうに言われてしまえば反論することはできない。

郷《ごう》に入っては郷に従えという、ことわざもある。

意を決した瑛留は、のろのろと自前の服を脱ぎながら小屋の隅《すみ》にいるジークをチラリと見遣《みや》った。オイルランプの調整をしているのか、端整な横顔を照らす橙色《だいだいいろ》の灯《あか》りがゆらゆら揺れている。

言葉数が少ないのは、いつものことだ。けれど、全身に纏う空気が普段《ふだん》より鋭利《えいり》に感じて、緊張がよみがえる。

「あの、兄は……どこで、どうしているんですか？」

別行動している兄が、どうしているのか気になる。集落のどこかでフレイと一緒《いっしょ》にいるはずだけれど、瑛留の様子を覗《のぞ》きにも来ない。

瑛留の問いに、ジークは短く返してきた。

「気にすることはない」

それは……答えになっていない。

質問を重ねようにも、オイルランプに照らされたジークの横顔は硬《かた》く、瑛留が話しかけるのを拒《こば》んでいるみたいだ。

なにも言えなくなり、渡された服に袖《そで》を通した。

麻《あさ》だろうか、厚みのある丈夫そうな生成《きな》りの生地は快適さを追求した化学繊維《せんい》に慣れた瑛留には少し硬く感じるが、着心地《きごこち》は悪くない。襟《えり》周りと袖口には、赤に染められた糸で繊細な幾《き》何学《かがく》模様の刺《し》しゅうが施《ほどこ》されている。

瑛留にはサイズが大きいのか、もともとそういうものなのか、上着の丈《たけ》は膝《ひざ》あたりまである。母親がよく着ているチュニックのようで、なんとなく落ち着かない。

上着はゆったりしているけれど、揃《そろ》いの生地で作られているボトムは踝丈《くるぶしたけ》で、歩く際の足さばきに支障がないのは幸いだ。

「よく似合う。あとは、これを」

振り向いたジークが、仕上げとばかりに鮮《あざ》やかな青紫色の薄《うす》い布を瑛留の首元に緩《ゆる》く巻いた。

手を伸ばせば届く位置にいるジークは、瑛留と同じ素材の服を着ている。ぼんやりとしたオイルランプの光でも、刺しゅうの色がモスグリーンということと施された模様が異なることは見て取れた。

まるで、ペアの衣装《いしょう》だ。祭事の際は、皆《みな》が揃いの服を身に着ける決まりなのかもしれないが、なんだかこそばゆい。

「行くぞ」

これで準備は完了《かんりょう》なのか、ジークに手を引かれて小屋を出た。

森を背にした小屋から、集落の中心部へ……しばらく歩くと、これまでの静けさが嘘《うそ》のような喧騒《けんそう》が耳に飛び込んでくる。

建物の角を曲がると、特大のスクリーンで映画を観《み》ているかのような非現実的な光景が現れた。

「うわ」

思わず、感嘆《かんたん》の声が漏《も》れる。

中央に設《しつら》えられているのは、炎《ほのお》の櫓《やぐら》だ。高校の時の林間学校でキャンプファイヤーを体験したけれど、あれとは規模が違う。

組み上げられた櫓は、五、六メートルはあるだろう。夜空を焦《こ》がすように燃え盛《さか》る炎の高さは、その倍以上。

瑛留が立ち止まっている位置からはずいぶんと距離《きょり》があるのに、熱気が伝わってくる。

炎上《えんじょう》する櫓の周囲を囲む動物は、山犬……いや、犬と呼ぶにはあまりにも大きい。

「オ……オオカミ？」

呆然《ぼうぜん》と口にした瑛留を、ジークが振り向いた。

燃え盛る炎のせいで昼間のように明るいこともあり、その表情は難なく見て取れる。

「成人を祝う儀式《ぎしき》だ。……これを。祝い酒だ」

両手に木の器《うつわ》を持った人が近づいてきて、恭《うやうや》しくジークに差し出した。その器を一つ、瑛留に手渡してくる。

覗き込んだ器には、白く濁《にご》った液体がたっぷりと注がれていた。飲めという意味だろうけど、正体不明の飲み物に口をつけるのは躊躇う。

「神聖な樹《き》の樹液と、果物を発酵《はっこう》させた酒だ」

困惑《こんわく》する瑛留の前で、ジークは自ら害のないものだと証明するかのように、器に口をつけて飲み干す。

兄なら、きっと笑って受け入れる。信用していると身をもって示す……親睦《しんぼく》を深めるという意味も込めて、口にするに違《ちが》いない。

一気飲みしたジークは、平然としている。もし身体《からだ》に合わなくても、お腹《なか》を壊《こわ》すくらいだろう。

ええい……飲んでしまえっ。

そう決意して、両手で器を持つ。思い切って口をつけると、目を閉じて口に含《ふく》んだ。

一番に感じたのは、とろりとした甘み。少しして、強いアルコール独特の刺激《しげき》がビリビリと舌を痺《しび》れさせる。

「……ッ」

一口、二口……なんとか飲み込んで、詰《つ》めていた息を吐く。舌に漂《ただよ》う余韻《よいん》は、甘酒……いや、白酒に近い味だ。

樹液を含むということからも、メープルシロップのような馴染《なじ》みのある甘みを感じるのも不思議ではない。

喉《のど》と胃がじわじわ熱くなり、甘い飲み口から予想するよりアルコール度数が高いのかもしれないと、ぼんやり分析《ぶんせき》した。

パチッと木の爆《は》ぜる音が耳に入り、器に残る酒を見下ろしていた瑛留はハッと顔を上げた。

炎の櫓を囲む獣《けもの》の一頭が、『アオォォン』と低い声で遠吠《とおぼ》えをする。それに呼応するかのように、炎を受けて地面に影を伸ばす獣が次々と遠吠えを響《ひび》かせた。

「あ……」

獣は、火を恐《おそ》れるはずだ……と。これまで当たり前に信じていたものなど机上《きじょう》の空論だと、嘲笑《あざわら》われているかのような眺めだ。

目前の光景は非現実的かつ神秘的で、恐怖《きょうふ》というよりも畏怖《いふ》に身を震《ふる》わせる。

発酵酒のせいか思考力が鈍《にぶ》くなり、呆然《ぼうぜん》と立ち竦《すく》むばかりだ。

ひとしきり遠吠えを響かせた獣たちの咆哮《ほうこう》が止《や》み、パチパチと燃え盛る炎の音が瑛留を現実へと呼び戻した。

「っ、あ……の、兄は？」

ジークの着ている服の袖を軽く引き、兄はどこにいるのか尋《たず》ねる。

兄もどこかでこの光景を目にしているのなら、黙《だま》っているわけがないと思ったのだ。大きな山犬か、オオカミか……獣がなんなのか、兄ならわかるはずだ。

「トール？　あちらに」

表情を変えることなくジークが指差した先に視線を向け、ギョッと目を瞠《みは》った。炎の櫓に気を取られるあまり、これまで瑛留の視界に入っていなかったようだ。

いつの間に組み上げられていたのか、岩と木を積んで作られた祭壇《さいだん》のようなものには、木の実や鮮やかな花を始めとした様々な植物、兎《うさぎ》や鹿《しか》といった動物が供え物のように並べられている。

「な……に」

その祭壇の中央に、手足を拘束《こうそく》された兄の姿があった。まるで、供物《くもつ》の一部であるかのように……。

咄嗟《とっさ》に駆《か》け寄ろうとした瑛留の腕を、ジークが摑《つか》む。

「ジーク、なんでっ。兄ちゃん……兄ちゃん！　聞こえないっ？」

瑛留が必死で声を上げて呼びかけても、兄からの返事はなかった。横たわった兄は、ピクリともしない。

まさか、その身になにか……と青褪《あおざ》める瑛留に、ジークが短く告げる。

「眠っている」

「それ……だけ？　なにもしてない？」

「ああ。今のところは」

今のところは？

深読みすれば、なんとも不穏《ふおん》な台詞《せりふ》に眉《まゆ》を顰《ひそ》めた。

ジークに言葉の意味を聞き返そうとした直後、これまでジッと炎の櫓を囲んでいた獣たちが動き始めて息を呑《の》む。

五頭、六頭……巨体《きょたい》の獣がジリジリと向かう先は、祭壇……兄のところだ。

「ぁ、ダ……」

「お許しください！」

瑛留が、ダメだ！　と叫んでジークの手を振《ふ》り払《はら》おうとするより早く、人影《ひとかげ》が祭壇の前に立ち塞《ふさ》がる。

刺《し》しゅうの飾《かざ》りはないけれど、瑛留やジークとよく似た服を身に着けたフレイだ。

地面に両手を突《つ》き、こちら……ジークに懇願《こんがん》する。

「どうか……トールを解放してください。代わりに規則通り、鹿を十頭か蕾《つぼみ》をつけた月夜草を一束……必ず納《おさ》めます」

周りを囲む他《ほか》の人たちは、一言も発しない。獣も動きを止め、すべての判断をジークに委《ゆだ》ねているようだ。

瑛留もなにか言うべきだと思うのに、緊張《きんちょう》を孕《はら》む空気に気圧《けお》されて声が出ない。ジークに摑まれた手を、動かすこともできない。

沈黙《ちんもく》は、どれほど続いただろう。

喉の渇《かわ》きに負けた瑛留が、コクンと唾《つば》を飲んだと同時にジークが口を開いた。

「それほど気に入ったのなら好きにしろ」

「あ……ありがとうございます」

頭を下げたフレイが、小走りで兄に駆け寄る。拘束を解きながら、繰《く》り返し「トール……ごめんなさい。すみません、トール」と兄の名を呼んで詫《わ》びている声が聞こえ、ようやく瑛留の足がジリッと動いた。

「兄ちゃ……」

「エール」

低い声に名前を呼ばれた瞬間《しゅんかん》、身体が動かなくなった。腕を掴むジークの指を、途端《とたん》に意識する。

「おまえはこちらへ」

「あっ」

強く腕を引かれると、祭壇に背を向けることになった。

振り返ろうとしたけれど、腕に食い込むジークの指は力強くて……促《うなが》されるまま、炎《ほのお》の櫓《やぐら》と祭壇から引き離《はな》された。

「そこに座れ」

ジークがそう指差した敷物《しきもの》に、すとんと腰を下ろす。ランプを灯《とも》したジークも、瑛留の前に座り込んだ。

喧騒《けんそう》から離れた小屋にジークと二人でいるのは、妙《みょう》な感じだった。

足枷《あしかせ》や重りをつけられているわけではないのだから、死に物狂《ものぐる》いになって全速力で走れば、逃げられないこともないと思う。

それなのに……足が重い。宝石のようなジークの青い目に見詰《みつ》められるだけで、身体が動かなくなる。

「魔術《まじゅつ》を使える……とか」

非現実的なことを疑いたくなるほど、不可解だ。

頭に浮かんだ疑問をつぶやいた瑛留を見下ろしたジークは、怪訝《けげん》そうに表情を曇《くも》らせる。

「魔術？　俺が宙に浮いているように見えるか？」

「そ……うじゃなく、て」

空を飛ぶ魔術だけではないだろうと思うが、うまく頭が働かないのでどう言い返せばいいのかわからない。

少し前に飲んだ酒のようなものがまだ残っているのか、全身がふわふわする。

「さっきの、なに……？」

炎に包まれた櫓。取り囲む巨大な犬……オオカミ？　そして、様々な動物や果物、植物が供えられた祭壇の中央に横たわる、手足の自由を奪《うば》われた兄。

この目で確かに見たはずなのに、夢の中の出来事のようだ。現実感が乏《とぼ》しいのも、思考力が鈍くなっているせいに違《ちが》いない。

炎の櫓を取り囲んでいた巨大な獣たちが襲《おそ》いかかろうとした瞬間、フレイが割り込んできて兄の命乞《いのちご》いをした。

懇願するフレイに、ジークは「それほど気に入ったのなら好きにしろ」と言い放ち、どうやら兄は危機から脱《だっ》することができたようだ。

なにもできなかった瑛留とは違い、フレイは泣きそうな顔で兄の拘束を解いて必死で詫びていた。

ジークに腕を引かれてその場から引き離された瑛留は、その後兄とフレイがどうなったのかわからない。

「兄ちゃんは、大丈夫《だいじょうぶ》なのか？」

「トールは、フレイのものとすることを俺が認めた。以後、他のものは手出しができないから安心しろ。フレイは、よほどトールを気に入ったようだな」

「安心？　本当に？」

「俺を信じろ」

ジークが信じろというのなら、きっと大丈夫……。根拠《こんきょ》もなくそう納得《なっとく》してうなずくくらいには、正常な思考ではない。

脳の片隅《かたすみ》に残る理性がそんなふうに分析《ぶんせき》していても、頭全体に霞《かすみ》がかかったようになっていてぼんやり視線を泳がせる。

「ここ、って？」

ここは……どこだろう？

自分が今いる場所さえあやふやで、軽く頭を振る。

「俺の住処《すみか》だ」

ジークが口にした短い答えに、目をしばたたかせた。

兄と滞在《たいざい》している建物のすぐ隣《となり》にあるのに、これまで一度も足を踏《ふ》み入れたことのなかったジークの住処？

どうして自分は、こんなところにいる？

「混乱しているな。満月だ。しかも、繁殖期《はんしょくき》。血が騒《さわ》ぐだろう」

頬《ほお》に触《ふ》れたジークの手がやけに熱く感じて、ビクッと肩を震《ふる》わせる。

飛《と》び退《の》いたつもりだったけれど、実際は、床《ゆか》に敷《し》かれた敷物の上でほんの少し身体《からだ》を引いただけだった。

「条件は整った。……理性を捨てて、本能を解き放て」

言葉を切ってランプの脇《わき》に置かれていた器《うつわ》を摑んだジークは、そこに注がれていた白濁《はくだく》したものを口に含《ふく》む。

瑛留に唇《くちびる》を重ねて舌先をねじ込むと同時に、とろみのある液体が流れ込んできた。

「ッ……ん、ぅ」

甘い……と感じた直後、喉《のど》の粘膜《ねんまく》がピリピリと焼けるように熱くなる。たぶん、炎の櫓の前で口にしたものと同じ飲み物だ。

胃がじわじわと熱くなり、その熱が全身に浸透《しんとう》する。ドクドクと、心臓の脈動が激しくなる

のを体感した。

やはり、アルコール度数はかなり高いに違いない。

「っふ……ぁ」

ジークの唇が離れていき、夢中で息を吸い込む。

奇妙《きみょう》に甘いのは、舌に残る酒の余韻《よいん》か……鼻腔《びこう》で感じる芳香《ほうこう》か。酩酊《めいてい》感に包まれ、なにも考えられなくなる。

鼻先を軽く触れ合わせたジークが、クッと低く笑った。

「初めて逢《あ》った時から、おまえが欲しかった。エール、おまえも『同じ』だろう」

「ア……」

上着を両手で摑《つか》まれたかと思えば、左右に引き裂《さ》かれる。

厚みのある布が、まるでティッシュペーパーを破るように容易《たやす》く裂かれるのを、身動《みじろ》ぎ一つできず呆然《ぼうぜん》と目に映した。

「エール」

喉元に口づけられ、舌を這《は》わされる。じっくりと舐《な》め、瑛留の肌《はだ》の味を確かめているみたいだ。

全身の力が抜けて、伸し掛かられるままズルズルと床に背中をつけた。

ジークがなにをしているのか、どうする気なのかわからず、怖《こわ》くて動けない。きつく瞼《まぶた》を閉じて、耳の奥にドクドクと響《ひび》く激しい動悸《どうき》を感じるのみだ。

「あ、ッ……え？」

軽く歯を立てられたと思ったけれど、肌に押し当てられた歯の感触《かんしょく》がやけに鋭《するど》い。

そんな違和《いわ》感に閉じていた瞼を押し開いた瑛留は、視界に飛び込んできたものに目を見開いた。

「な……に」

瑛留に覆《おお》いかぶさっているのは、ジークだったはずだ。ジークの声を聞いていたし、ほんの数十秒前までは……間違いなくジークだった。

それなのに、今……瑛留の目に映っているのは、白い体毛に包まれた巨大な獣《けもの》の姿だった。

炎の櫓を囲み、遠吠《とおぼ》えをしていた野犬かオオカミのような獣と似ている。いや……至近距離《きょり》のせいか、一際《ひときわ》大きく感じる。

慣れない酒に、悪酔《わるよ》いをしているのだろうか。それとも、とっくに気を失っていて妙な夢でも見ているのか。

状況《じょうきょう》に惑《まど》い硬直《こうちょく》している瑛留の目前で、舌なめずりをした獣が牙《きば》を覗《のぞ》かせた。

この巨大な鋭い牙が喉に突《つ》き立てられれば、抗《あらが》う間もなく喰《く》い殺されるだろう。夢でも、痛みを感じるだろうか。

怖い、怖い、コワイ……痛いのは嫌だ。誰《だれ》か……誰が助けてくれる？

ここにいるのは、ジークだったはずなのに。

ジークが……ジークは？

ジークなら、どうにかしてくれるとでも？

全身を震わせた瑛留は、無意識に震える声で「ジーク……」と呼び、きつく閉じた瞼の裏に青い瞳《ひとみ》を思い浮かべた。

恐怖《きょうふ》のあまり、血が猛《もう》スピードで全身を駆《か》け巡《めぐ》っている。身体中が熱い。忙《せわ》しない鼓動《こどう》と共に、指先まで痺《しび》れているみたいだ。

息もできない緊張《きんちょう》のせいか、目尻《めじり》から涙《なみだ》の雫《しずく》が零《こぼ》れ落ちた……と思った瞬間《しゅんかん》、ぺろりと目元を舐められたのがわかった。

予想外の優《やさ》しい感触に、詰《つ》めていた息を細く吐く。

「そうだ。それでいい。おまえは、そういう毛色をしていたんだな」

「ジー……ク？」

すぐ傍《そば》から、ジークの声が聞こえる。恐《おそ》る恐る目を開いたが、やはりランプの光に照らされているのは白い毛の獣だった。

困惑《こんわく》が恐怖を凌駕《りょうが》したのか、身体の震えが止まった。

戸惑う瑛留に、獣はジークの声で話しかけてくる。

「自覚はないのか。……その目で見ろ」

「見ろって……なに？」

鼻先で首のあたりをグイと押されて、転がっていた敷物《しきもの》からのろのろと起き上がる。

壁際《かべぎわ》に置かれた縦長の姿見は、ランプの光と屋外から差し込む月明かりの両方を受けて、ぼんやりと浮かび上がって見えた。

「……犬？」

姿見には、二つの獣の影が映り込んでいる。

一つは、大きな白い獣。威風堂々《いふうどうどう》とした立ち姿は、恐ろしい猛獣《もうじゅう》のはずなのに神々《こうごう》しいまでに美しい。

その隣に、焦《こ》げ茶色の毛に覆われた一回り小柄《こがら》な犬が……。

「愛らしいな」

白い獣が、焦げ茶色の犬の鼻先を舐める。同時に、何故《なぜ》か瑛留が舌の感触と体温を身に感じて……小さく身体が跳《は》ねた。

瑛留の視界に映る鏡の中の犬も、ビクッと飛び上がる。

「な……、なん……っ、……っっ！」

喉が、なにかに締《し》めつけられているみたいだ。瑛留は叫《さけ》んだつもりなのに、わずかに息が漏《も》れただけだった。

恐慌《きょうこう》状態が限界に達すると、声も出なくなるのだと知った。

じわっと足の裏が動いた瞬間、床を蹴《け》って窓の外へ飛び出した。

「エール！」

名前を呼ぶジークの声は、やけに鮮明《せんめい》に耳に飛び込んできたけれど、足を止めることなく真っ暗な森に向かって突き進む。

生《お》い茂《しげ》る木の葉が遮《さえぎ》るせいで月明かりはほんのわずかしか届かないのに、立ち並ぶ樹《き》を避《よ》けることができる。

背後からは、全速力で駆ける瑛留と同じ速度で軽快な足音が追いかけてきていた。

見える。聞こえる。

……どうして？　こんなの変だ。夜の森を、これほど速く走れるわけがない。

フツウノ、ニンゲン……ジャナイ？

「うわぁぁぁぁ」

惑乱《わくらん》に突き動かされるまま、どれくらい走り続けただろうか。

心臓が、猛スピードで脈打っている。苦しさのあまり立ち止まると、燃料が切れたように一歩も動けなくなった。

「っく……ひっ、はっ……はっ」

身体を預けた先にある大木の洞《うろ》に蹲《うずくま》り、激しい呼吸に全身を震わせる。

背後から足音がそっと近づいてきて、動けない瑛留に自然な仕草で身体を寄り添《そ》わせてきたのは、白い体毛の大きな獣……。

触れ合ったところが、あたたかい。

夜の闇《やみ》に包まれた深い森の中なのに、不思議と怖くない。

今はもう、なにも考えたくない……。

耳を倒《たお》し、身体《からだ》を丸くする瑛留の傍に、白い獣は無言で佇《たたず》む。

寄り添うぬくもりは、不安と絶望感に打ちひしがれても当然の瑛留を、不思議と安堵《あんど》させた。

《五》

なんだろう。すごくあたたかい。それに、心地《ここち》いい匂《にお》いがする……。

このぬくもりに包まれていれば、なにもかも大丈夫《だいじょうぶ》。心配することなど一つもないのだと、安心する。

なにがあっても護《まも》ってくれると、全身全霊《ぜんしんぜんれい》で寄りかかることができる。

ずっと、この幸福感に浸《ひた》っていたいのに……。

「エール。起きろ。夜明けが近い。おまえは人の姿で山の中を歩くより、このまま動いた方がいい」

耳のすぐ傍から、やけにいい声が聞こえてピクッと耳を震《ふる》わせた。

「ん……ゃ」

無視して眠り続けようとしたのに、もう一度「エール」と呼びながら身体を揺《ゆ》すられた瑛留は、閉じていた瞼《まぶた》を仕方なく開いて声の主を目に映す。

「ッ……な、に？」

ぼんやりとした視界に映るのは、白い毛に覆《おお》われた巨大な獣《けもの》だ。視認《しにん》した直後は犬だと思ったが、よく見れば耳の大きさや頭の骨格からして、犬ではない。

この特徴《とくちょう》を備えた獣は……。

「オ、オオカミ？」

まさかオオカミではないかと思い浮かび、身構えたのは数秒だった。ジッと見詰《みつ》めてくる青い瞳は澄《す》んで美しく、敵意は微塵《みじん》も感じない。

それに、ずっと包み込まれていたぬくもりの正体は、間違《まちが》いなくこの獣だ。おかげで、夜の森の中でも寒さに震えることなく過ごせた。

瑛留が警戒《けいかい》を緩《ゆる》めたのを察してか、ふさふさの白い毛に覆われた獣が鼻先を押しつけてきた。敵意はない、親しみを感じていると伝える仕草だ。

「おれ、なにして。どこ……？」

巨大な獣と共にいる、この状況《じょうきょう》が摑《つか》めない。ここはどこだ？　巨木《きょぼく》の根元……？　身体の下にあるのは、落ち葉の布団《ふとん》だ。

何故、こんなところで巨大な獣と眠っていたのだろう。

現状を捉《とら》えきれず、ぼんやりしている瑛留に焦《じ》れたのか、白い毛の獣が鼻先をペロリと舐《な》めてくる。

「寝惚《ねぼ》けているのか？　混乱するのは後にしろ」

「……ジーク？」

聞き覚えがあると思ったら、白い獣が語る声はジークのものだった。

目を覚ましたと思っていたけれど、それは夢の中の出来事で……実際は未《いま》だに眠っていて、奇妙《きみょう》な夢を見ているのかもしれない。

もう一度眠れば、きちんと目が覚めるかと瞼を閉じようとしたけれど、瑛留の現実逃避《とうひ》を獣は許してくれなかった。

「立て。俺について来い」

首の後ろを軽く嚙《か》んで、立ち上がるよう促《うなが》される。緩く頭を振った瑛留は、のろのろと身体を起こして白い獣の後を追った。

自分の現状が理解できないのも怖いが、深い森の中に置き去りにされるほうが怖い。

周囲を見回しても、視界に入るのは巨木や生い茂る草ばかりだ。足元は降り積もる落ち葉に覆われ、所々ごつごつとした石が転がっている。頭はぼんやりとしているのに、鼻先をくすぐる土の匂いはやけに鮮明だった。

「そこ、木の根が張り出しているぞ。足を取られないよう気をつけろ」

「うん。すごい……立派な根っこ」

夜明け前の山の中だというのに、すんなりと歩くことのできる自分が不思議だ。視界はぼやけているが、足元は見える。

なにより、「ついて来い」という力強い言葉に従えば大丈夫だと、なんの根拠《こんきょ》もなく白い獣を信じて頼《たよ》っている。

「もう少しだ。夜明けに間に合いそうだな」

ジークの声で話しかけてくる白い獣の存在をこれほど心強く思うのは、どうしてだろう。

夢なのに……夢だから？

一心不乱に白い獣の後をついて歩いた時間は、ものすごく長かったような気もするし、ほんの数分だったようにも思う。

不意に視界が開けて、立ち止まった。見覚えのある建物は、兄と自分が滞在《たいざい》させてもらっている家屋に違いない。

建物の前に、自分たちの帰りを知っていて待ち構えていたかのような人影《ひとかげ》が二つ。そのうちの一つは、間違いなく兄だ。

「兄ちゃん！」

ホッとして駆《か》け寄った瑛留だが、兄を見上げる角度に違和《いわ》感を覚えて戸惑《とまど》う。

目前にあるのは、兄の膝《ひざ》……より、少しだけ上？　瑛留を見下ろす兄は、これまで見たことのない表情だった。

見開き、瞬《まばた》きもしない目が表すのは……恐怖《きょうふ》。いや、純粋《じゅんすい》な驚《おどろ》きだろうか。

兄は一言も発することなく、真っ直《す》ぐに瑛留を見下ろしていた。

自分のなにが、兄から言葉を奪《うば》っている？

尋《たず》ねようとしたところで、目に映るものの高さがいつもと違うことに気づいた瑛留は、自身への気味悪さに激しく頭を振った。

「……どういうことだ」

兄のつぶやきが耳に入ったのとほぼ同時に、建物の陰《かげ》から斜《なな》めに朝陽《あさひ》が差し込む。

まずは、白い獣が眩《まばゆ》い光を受けてキラキラと輝《かがや》き、みるみるうちに姿を変える。瞬きをした次の瞬間《しゅんかん》には、長身の青年がそこに立っていた。

「ジーク？」

ぼんやりと名前を口にした声は、兄のものだったのか……自分のものだったのか。

今度は、唖然《あぜん》とジークを見据《みす》えて硬直《こうちょく》する瑛留に朝陽が降り注ぐ。

「あ……」

チカチカと眩《まぶ》しい光に包まれて、身体を震わせる。

全身あちこちの関節が痛い、というよりも熱い！　と思った数秒後には、いつもと同じ高さに兄の顔があった。

「え……瑛留？」

ぽつりと瑛留の名前を呼んだ兄は、たった今夢から醒《さ》めたかのように目をしばたたかせている。

名前を呼んだきり無言で全身に視線を走らせる兄に、瑛留はやけに速い鼓動《こどう》を感じながら聞き返す。

「瑛留だけど、なんで疑問形？　おれ、なんか……変？」

喉《のど》がカラカラだ。動揺《どうよう》を隠《かく》す術《すべ》もなく、みっともなく声が震えている。

変じゃない。いつもの瑛留だと、笑い返してくれるはず。

そんな期待を込めて兄を見据えていたけれど、瑛留を見詰め返す兄は硬《かた》い表情のままで口を開く。

「変っていうか。……今、僕が見たものは、なんだ？　ジーク……フレイ？　誰《だれ》でもいいから、説明してくれ」

戸惑いながら説明を求める兄の声が、やけに遠くから聞こえる。つい先ほどまで、この耳が拾い上げる音はもっと鋭《するど》かったはずだ。

なにかが違う。でも、具体的になにがどう違うのかわからない。畳《たた》みかけるような違和感が、気持ち悪い。

誰か……誰でもいいから説明してほしいのは、瑛留も同じだ。

「……ジーク」

頰《ほお》を強張《こわば》らせた瑛留は、答えをくれるとすれば彼だろうと、吸い寄せられるように斜め後ろに立つジークへと目を向けた。

ジークなら、助けてくれる。

これまで漠然《ばくぜん》と感じていた彼に対する『怖さ』と苦手意識が消え、いつの間にか『信頼《しんらい》』へと塗《ぬ》り替《か》えられていた。

泣きそうな顔で縋《すが》る目をしているだろう瑛留と視線を絡《から》ませたジークは、ふっ……と微笑《びしょう》を滲《にじ》ませる。

瑛留を見ている青い目が、やけに優《やさ》しく感じて顔が熱くなった。ますます動悸《どうき》が激しくなるのは、どうして？

「そろそろ、皆《みな》が起き出す時間だ。中で話そう」

瑛留に兄、フレイ……と、ここにいる全員を見回して口を開いたジークの提案に異を唱える理由はない。

兄も疑問でいっぱいの顔をしているが、聞きたいことや知りたいことがいくつもあるのは瑛留も同じだ。

「エール」

自然な仕草でジークに肩を抱《だ》かれた瑛留は、不思議な安堵感《あんどかん》に包まれて誘導《ゆうどう》に従った。漠然とした苦手意識を持ち、これまで逃《に》げ腰《ごし》になっていたのが嘘《うそ》のようだ。

そう感じたのは、瑛留自身だけではなかったらしい。

背後から、

「瑛留？　ジーク？」

と不思議そうに名前を呼ぶ兄の声が聞こえてきたけれど、足を止めるどころか振り向くことさえできなかった。

ジークの住処《すみか》に入ったのは、初めてではない。

現実感の乏《とぼ》しい、夢現《ゆめうつつ》の状態で夜明け前の森の中を歩いた時とは違《ちが》い、ハッキリと覚醒《かくせい》している。

昨夜、ここにジークと二人でいた。祭事の準備だと言われて、ここの民族衣装《いしょう》に袖《そで》を通したあたりまではしっかり記憶《きおく》にある。

不思議な甘さの発酵酒《はっこうしゅ》を飲み、ジークに組み伏《ふ》せられて……その後に起きたことは、すべて現実だったのだろうか。

今、ジークが身に着けているのは、昨夜と同じ服だ。瑛留の服はジークに破かれたので、隅にあった着替える前のものを着込んだ。ここに雑然と脱《ぬ》ぎ捨てられていたのは、これを着ていた自分たちが姿を変えたせいで……でもあれは、夢の中の出来事ではなかったのか？

うつむいた瑛留は、座り込んでいる敷物《しきもの》の繊細《せんさい》な織模様をぼんやりと目に映す。

くすんだ赤や黄緑色の糸は、衣類と同じく草花から作った天然の染料《せんりょう》で染められているのだろう。

四人で車座になっていても、誰も口を開こうとしない。息が詰《つ》まりそうになるほど重苦しい沈黙《ちんもく》を破ったのは、兄だった。

「まず、先ほど僕が見た犬……いや、オオカミらしき獣《けもの》について伺《うかが》いたいんですが」

瑛留は、そろりと顔を上げかけ……兄と目が合いそうになって、慌《あわ》てて敷物へと視線を落とした。

兄の言う『オオカミらしき獣』は、朝陽を浴びてジークへと姿を変えた白い毛に覆《おお》われた獣のことか、それとも……。

「フレイ」

ジークが短くフレイの名前を呼ぶと、説明を託《たく》されたことを悟《さと》ったらしいフレイが、うなずいて口を開く。

「トールが、その目で見たままです。白毛のオオカミはジークで、小柄《こがら》なほうは……」

言葉を濁《にご》したフレイが、チラリと瑛留に視線を向けた。

心臓が、ドクドクと早鐘《はやがね》を打っている。じわりと体温が上がり、手のひらに汗《あせ》が滲むのを感じた。

部屋の隅《すみ》、壁《かべ》に立てかけられている姿見は昨夜もここにあった。ぼんやりとした月光とランプの光に照らされ、そこに映った『獣』の姿が目に焼きついている。

白、いや白銀の毛に覆われた威風堂々《いふうどうどう》とした獣と並ぶ、焦《こ》げ茶色の体毛をした頼《たよ》りなげな小さな獣と鏡越《ご》しに目が合った。

あれは……。

決定的な一言を聞きたくないと逃げたくなるのと同じだけ、あの『異変』に関する答えがあるのなら知りたいとも願う。

瑛留が顔色を失《な》くしているせいか、フレイは言葉を続けていいものか否《いな》か躊躇《ためら》っているらしい。

再び沈黙が落ち……兄が、ボソッと口にした。

「瑛留だな。どうして、今になって……」

「兄ちゃん？」

パッと顔を上げた瑛留を、兄は真っ直《す》ぐに見詰めていた。その表情は、これまでと変わらない温和なものだ。

淡々《たんたん》とした声で、瑛留だと言い切ったのはどうして？

驚《おどろ》きも疑う様子もなく、先ほどの『オオカミらしき獣』が『瑛留』だと、確信を持っている言い方だった。

瑛留から視線を逸《そ》らした兄は、迷いを滲ませて途切《とぎ》れ途切れに語り出す。

「瑛留の出自に関して、真実を知っているのは……僕と両親だけです。瑛留自身にも、隠していたことがある」

「…………」

隠していたこと？

瑛留が知っているのは、自分が生後間もなく成沢《なるさわ》の両親の養子となったということだ。兄とも血の繋《つな》がりはない。

物心つく頃には、『養子』であることと血の繋がりはなくても『大切』な家族の一員であることを、包み隠さず話してくれていた。

おかげで瑛留は、幼い頃から今に至るまで養子である立場を意識することもなく、両親と兄の『四人家族』であることは当然だと思っていた。末っ子として、両親や兄からの愛情をたっぷりと受けて育てられたことは間違いない。

瑛留が知らないことがあるとすれば、『実の親』に関してのみだ。

両親も兄も、「実の両親に関してはわからないんだ」と申し訳なさそうに言い、瑛留も追及《ついきゅう》する気はなかった。

どんな経緯《けいい》で成沢の両親に引き取られたのかわからなくても、今は幸せなのだからそれでいいのだと……言い聞かせていた。

けれど、血の繋がった両親について、全く気にならないと言えば嘘になる。

うつむき、ガリガリと右手で自分の頭を掻《か》いた兄は、迷いを振《ふ》り払《はら》ったかのように顔を上げて口を開いた。

「瑛留は……うちに来たばかりの頃、子犬の姿だった。父と二人で調査のため訪《おとず》れていた山の中で、僕が瀕死《ひんし》の母犬から託されたんだ。たった一匹《ぴき》で置いて行けば生きていけないだろうと判断して、自宅に連れ帰った。その子犬が、数ヶ月後に突然《とつぜん》人間に姿を変えた時は驚いたけどね。それきり変身することはなかったから、ただの人間になったのかと……すっかり油断していたけど、あの子犬が立派になって」

兄はなにやら妙《みょう》な感慨《かんがい》に浸《ひた》っているらしいが、当事者の瑛留にとってはとてつもなく衝撃《しょうげき》的な発言だった。

「い……犬？」

頰《ほお》を引き攣《つ》らせた瑛留は、思わず自分の手を見下ろす。引っくり返して爪先《つめさき》から指の一本一本をまじまじと観察しても、人間の手だ。

今は、どこからどう見ても人間だ。

でも……。

瑛留がコクンと喉《のど》を鳴らしたと同時に、ジークが「なるほど」とつぶやいた。

「それで、か。エールからは、同胞《どうほう》の匂いがした。少し離《はな》れていても、わかる……懐《なつ》かしい匂いだ」

「匂い？」

反射的に自分の腕の匂いを嗅《か》いでみても、特に変わった匂いはしない。首を捻《ひね》っていると、ジークが淡々と続けた。

「駅前でおまえに近づいたのは、『同じ』だと感じたからだ。本能が、ここで逃《に》がしてはならないと……俺を突《つ》き動かした」

駅を出てすぐの雑踏《ざっとう》で、ジークと初めて顔を合わせた時のことを思い出す。

周りに無数の人がいたのに、迷いのない目で真っ直ぐに瑛留を見ていた。なにかに引き寄せられるかのように近づいて来て……そうだ、匂いを嗅がれたのだ。

あの場には、花のようなハーブのような、譬《たと》えようのない心地《ここち》いい匂いが漂《ただよ》っていた。ジークが感じ取ったというそれは、瑛留の鼻先をくすぐったものと同じだろうか。

「トールからは、エールの移り香《が》を感じたんです。我々《われわれ》と似ているのに、違う匂い。外国の人から同類の匂いがするのは、どうしてなのか不思議で……」

フレイは、兄から瑛留の匂いを察して声をかけたのか。偶然《ぐうぜん》のようでいて、偶然という一言では済ませられない邂逅《かいこう》だったらしい。

子犬の姿で兄に拾われたとか、ジークは最初から瑛留が『純粋《じゅんすい》な人間』ではないと察知していたとか。

次々と聞かされた話は衝撃的で、瑛留が生きてきたこれまでの人生を根幹から突き崩《くず》しかねないものばかりだ。

理解しようにも、思考が追いつかない。

聞きたいことや、確かめなければならないことがいくつもあるはずなのに頭が真っ白で、声も出なかった。

初対面から『瑛留の本性《ほんしょう》』を確信していたらしいジークや元々察していたらしいフレイはともかく、これまで兄弟として過ごしてきた兄でさえ、瑛留が『オオカミらしき獣』に姿を変えたことを事実として受け入れている。

なにも知らなかったことで混乱の渦《うず》に巻き込まれているのは、瑛留自身だけだ。

「な……んで、おれ……変身」

これまでの瑛留は、自分に獣じみた要素があるなどと、疑いさえ抱《いだ》かなかった。

突出《とっしゅつ》して毛深くもないし、尻尾《しっぽ》があるわけでもない。運動能力は……同世代の平均に届かない。満月を見て、遠吠《とおぼ》えしたいという衝動に駆《か》られたこともない。

それなのに、どうして突然獣へと姿を変えたのか、謎《なぞ》だ。

呆然《ぼうぜん》としたまま口にした瑛留の頭を、隣《となり》にいるジークが摑《つか》んだ。

「なっ、い……た」

戸惑《とまど》う瑛留を無視して強く両手で挟《はさ》み込み、顔を背《そむ》けられないようにしておいて無言で目を覗《のぞ》き込んでくる。

そんなふうにしなくても、綺麗《きれい》な青い瞳《ひとみ》にジッと見詰められると動けない。身体《からだ》を逃がすどころか、ジークの手を振り払うこともできなくなる。

硬直《こうちょく》する瑛留を見据《みす》えたまま、ジークが語る。

「同類らしいとはわかっていたが、エールには自覚がないようなので本能を揺《ゆ》さぶってみることにした。見事に尻尾を出したな」

「……昨夜の」

どれが、瑛留の本能を揺さぶったのだろう。満月か、不思議な甘さの発酵酒《はっこうしゅ》か……目の前で姿を変えた、ジークか。

その目的は、なんだ？

ジークと視線を絡《から》ませたまま身動きの取れない瑛留をよそに、兄はとことんマイペースだ。驚きと混乱から恐《おそ》ろしいほど早々と立ち直り、状況《じょうきょう》を分析《ぶんせき》したらしい。

「ジークも、フレイも……ここの住人すべてが、半人半獣《はんじんはんじゅう》なのか？　目撃《もくげき》情報のあったニューファンドランドシロオオカミは、君たちのことだったのか」

「ええ。トールたちを案内するふりで……山に点在する私たちの痕跡《こんせき》から、遠ざけていました。ごめんなさい」

兄の言葉に答えたフレイは、演技ではなく申し訳なさそうだ。そういえば昨夜、危機的状況に見えた兄を庇《かば》い、救ったのはフレイだった。

頭を振ってジークの手と視線から逃《のが》れた瑛留は、深く息を吸ってようやく言葉を発する。

「兄ちゃんさ……昨夜の記憶《きおく》って、どこからどこまである？」

「昨夜？　祝い酒を振る舞《ま》われて、ご相伴《しょうばん》に与《あずか》って……フレイに夜明けだと声をかけられるまで、寝入《ねい》っていたみたいだな。瑛留はどうした？　と聞けば、もうすぐジークと共に戻ってくる……と言われて、あそこに立って待っていた。いや、まさか人間の姿ではない二人が現れるとは思っていなかったのでビックリしたなぁ」

どうやら兄は、自分の身に危機が迫《せま》っていたことを知らないようだ。

オオカミ姿のジークと瑛留を目前にしたことを、「ビックリした」の一言で済ませるあたりは兄らしいが。

「そんな、のん気な。兄ちゃんは」

「エール」

静かに名前を呼ばれて、言葉を遮《さえぎ》られる。兄の隣にいるフレイと目が合うと、そっと首を横に振られた。

兄には、昨夜のことを知らせるなということか。

「僕たち、知ってはいけないことを知った……のかな？」

ぽつりと零《こぼ》した兄は、フレイとジークのあいだで視線を往復させて、最後に瑛留と目を合わせる。

その目は「まずいかな」と問いかけていたけれど、切羽詰《せっぱつ》まった空気は感じない。相変わらず、能天気というか大らかというか……いいように言えば、肝《きも》が据わっている。

「トールは我々の秘密を知った。エールは同類だ。ここから出すわけにはいかない」

表情を変えることなく答えたジークは、なにを考えているのか読めない。

兄と顔を見合わせた瑛留は、「どうなるんだろう?」と目で訴《うった》える。

「口封《くちふう》じ、なら……とっくに実行されているか」

物騒《ぶっそう》な兄の言葉に血の気が引きかけたけれど、確かにそのつもりならとっくに実行されているはずだ。

今のところ、危害を加えられそうな雰囲気《ふんいき》はない。真意は不明だが、族長であるジークと穏便《おんびん》に会話を交《か》わしていることからも、差《さ》し迫った危機は感じなかった。

「ご心配なく。トールとエールの身の安全は、お約束します。私たちの正体を知って、恐ろしくないですか?」

兄のつぶやきを苦笑《くしょう》しつつ否定し、問い返してきたフレイに、兄は迷う間もなく「いいや」と首を横に振る。

「絶滅《ぜつめつ》したはずのオオカミが、姿を変えて現代に生き残っていたなんて……素晴《すば》らしい。なにより、ジークの姿は美しかった。瑛留も、子犬だった頃《ころ》のことを思えば随分《ずいぶん》と育って……相変わらず可愛《かわい》かった」

「……兄ちゃん……」

恐れる目で見られないことにホッとすればいいのか、いきなり半人半獣だと自覚させられた瑛留の身にもなってみろ……と憤《いきどお》ればいいのか、わからなくなってしまった。

ジークは目を逸《そ》らすことなく、無言で瑛留を見ている。

その視線を感じていたから、ジークに目を向けることができなかった。

□□□

朝食の際に顔を合わせた郷《さと》の皆《みんな》は、これまでと変わらず瑛留と兄に接した。炎《ほのお》の櫓《やぐら》やそれを囲む獣、幻想《げんそう》的と言えなくもない昨夜の出来事は、本当に夢だったのではないかと不思議な気分になる。

ただ、広場の地面に残る焦《こ》げ跡《あと》が、昨夜ここで目にしたものがすべて現実であるのだと瑛留に知らしめる。

朝食を終えて、これまで一週間あまり住まわせてもらっている建物に入り、ようやく兄と二人だけになった。

一気に体の力が抜けた瑛留は、ぺたりと床《ゆか》の敷物《しきもの》に座り込んで兄を見上げる。

「兄ちゃん。なんか……いろいろ一気に聞かされて、まだ混乱しているんだけど」

小さく零した瑛留は、今にも泣きそうな、途方《とほう》に暮れた顔をしているに違《ちが》いない。うなずいた兄が正面に座るのを待ち、質問をぶつける。

「本当に、おれ……犬だったわけ？　さらりと言ってたけど、子犬が人間になるって、とんでもないことだろ。父さんも母さんも、兄ちゃんも……おれのこと、化け物だって追い出さなかったのは変じゃないか？」

研究対象として、傍《そば》で観察していたかったのか？　とも思ったけれど、瑛留は周囲の同じ年頃の子たちと同じように学校に通い、ここまで育った。パスポートも持っているし、戸籍《こせき》もある。

どうして？　で頭の中がいっぱいだ。

「化け物だなんて思うわけないだろ。子犬の時も、人間の幼児になってからも……めちゃくちゃ可愛かったからなぁ」

ははは、と笑う兄の瑛留を見る目は、これまでと変わらない。

研究者としては有能でも少しばかり変人だと言われている父親はともかく、母親も瑛留をただの子供として育ててくれたのだから、感謝するしかない。

「普通に、義務教育を受けて……日本国籍、持ってるし」

「そのあたりは、まぁ……父さんがいろんな伝手《つて》を使って、瑛留をただの子どもとして養子に迎《むか》えたからだ。保護した時に子犬だったなんて、黙《だま》っていたらわからん。実際に、人間になった瑛留の血液検査をしても異常はなかったからな」

「なんか……めちゃくちゃだ。みんな、変……」

知れば知るほど理解から遠ざかっている気もするが、保護してくれたのが成沢の父と兄だったことを、幸運と思うべきだろうか。

唸《うな》りながら頭を抱《かか》えていると、兄が独り言のように口にした。

「でも、そうか。瑛留を保護してすぐ、父さんがＤＮＡ鑑定《かんてい》をしたんだ。山犬だろうと予想していたのに、その結果を僕にも教えてくれなかったのは……ニホンオオカミだって結果が出たせいかな」

「それなら、大発見だって世間に発表しなかったのは、なんでだろう」

ニホンオオカミがどのような存在なのか、瑛留も知っている。

百年以上前に絶滅したとされていながら、今でもどこかの山奥にひっそりと生息しているのではないかと期待している動物学者は多い。生きている状態で捕獲《ほかく》したことを発表すれば、大ニュースになっていたはずだ。

瑛留の疑問に、兄は簡潔に答えた。

「そりゃ、父さんが名声や世間からの注目にまったく興味を持っていないからだな。十八年、あの人の息子《むすこ》をしているんだから、瑛留にもわかるだろ？」

「わかる」

疑問を投げたのは瑛留なのに、迷わずうなずいてしまった。

動物学者として生涯現役《しょうがいげんえき》を掲《かか》げ、どこかの大学の教授として腰《こし》を据えることも専門家としてのテレビ出演の依頼《いらい》も断っている。

立場に縛《しば》られることなく、気が向いた時に現地調査へ赴《おもむ》きたいし、自身の研究に没頭《ぼっとう》したいから……らしい。

「それに、可愛い息子を手放したくないだろ。取り上げられた挙句、貴重な研究対象としてどんなふうに扱《あつか》われるかわからないんだ。ミルクを飲ませて育てた子犬としても溺愛《できあい》していたし、しゃべったり笑いかけてきたりする幼児の姿になったら……尚更《なおさら》だな。父さんも母さんも、僕も……瑛留は大切な家族だと思ってる」

「兄ちゃん……」

不意に涙《なみだ》ぐみそうになり、うつむいて目元を擦《こす》る。

能天気でマイペース、少しばかり天然でため息をつきたくなることもあるけれど、この人の弟でよかったと改めて思う。瑛留を託《たく》したという母親は、この人に任せたら大丈夫《だいじょうぶ》だと見抜《みぬ》いていたのかもしれない。

昨夜から驚《おどろ》きの連続で心休まることがなかったけれど、兄が普段《ふだん》と変わらず接してくれることで、少しだけ落ち着きを取り戻せた。

「これから、どうする気？」

「ジークはここから出せないと言っていたし、身の安全を約束すると言ってくれたフレイを信じて、しばらくはここで様子見だな。ビザの有効期限はまだ残っているし、もともと予備も含《ふく》めて二か月はこの国に滞在《たいざい》する予定だったんだから特に問題はない。ものすごく貴重な機会をもらったんだから、彼らの生態を観察させてもらうとしよう」

笑顔《えがお》で語る兄の表情や言葉からは、一切《いっさい》の不安を感じない。

瑛留を心許《こころもと》ない気分にさせないようあえて明るく振《ふ》る舞《ま》っているのかもしれないけれど、純《じゅん》粋《すい》にこの状況《じょうきょう》を楽しんでいるだけという可能性もある。

「でも、おれっ、ジークにキ……ッ」

「き？」

中途半端《ちゅうとはんぱ》に言葉を切った瑛留に、兄は目をしばたたかせて首を傾《かし》げる。

勢いで言ってしまいそうになったけれど、兄にきちんと説明できる自信はない。

ジークに押し倒《たお》されてキスされた、という記憶《きおく》があるのだが、頭の中に霞《かすみ》がかかったようになっていて現実感が乏《とぼ》しい。もしかして、発酵酒《はっこうしゅ》に酔《よ》っ払《ぱら》った瑛留が奇妙《きみょう》な夢を見ただけなのかもしれない。

考えれば考えるほど、やはりアレは夢だったのではないかという気がしてきた。

なにより、あの綺麗《きれい》な青い目に見つめられると、身体《からだ》が動かなくなり……ろくに抵抗《ていこう》ができなかった。

ぼんやりとしていたあの時だけでなく、今も、嫌だったと言い切れない。

「……なんでもない。なんか、頭がぼんやりしてて」

気まずさを誤魔化《ごまか》そうと、言葉を濁《にご》して顔を背《そむ》ける。右手で髪《かみ》を掻《か》き乱す瑛留に、兄は声のトーンを下げて尋《たず》ねてきた。

「身体に不具合はないのか？　ものすごい変化なんだ。関節や骨に、負担がかかっているんじゃないか？」

「あ……それは、なんか平気っぽい」

姿を変えた瞬間は、身体が熱くなって関節が軋《きし》んだ記憶があるけれど、今は特に違和《いわ》感がない。兄に言われるまで、そんなふうに考えもしなかった。

改めて自分の腕や足を検分しても、変わったところはなさそうだ。

平気だと答えた瑛留に、兄はホッとした顔でうなずいた。

「それならいいが。今、自分の意志で変身することはできないのか？」

「……無理、っぽい」

瑛留が姿を変える引き金となったのは、満月か発酵酒かジークの存在か……それらの条件がいくつか重なったせいか。

確かなことはなにもわからないが、今ここで獣の姿になることは無理そうだ。目を閉じて、心の中で『変身！』と唱えてみても、なにも起こらない。

「なにか、条件があるのかなぁ」

思案の表情を見せた兄に、「さぁ？」と心当たりのないふりをして、唇《くちびる》を噛《か》んだ。

この唇に触《ふ》れた気がするジークの唇の感触《かんしょく》がやけにリアルで、変に心臓がドキドキしている。もし現実だったら、変身する要因の一つになっているかもしれない、なんて……兄には言えない。

『初めて逢《あ》った時から、おまえが欲しかった。エール、おまえも『同じ』だろう』

不意にジークの声が頭の中に響《ひび》き、心臓が一際《ひときわ》大きく鼓《こ》動《どう》を打つ。ぶんぶんと頭を左右に振り、唐突《とうとつ》に浮かんだ強い言葉を振り払《はら》った。

ジークが、そんなことを言うわけがない。きっと、発酵酒の酔いのせいで変な夢を見たのだ。夢……だったとしても、ジークに迫《せま》られたことを思い出して恐怖《きょうふ》や嫌悪《けんお》に震《ふる》えるのではなく、変に鼓動を乱す自分はどこかおかしくなったのでは。

今の瑛留は、自分自身に一番戸《と》惑《まど》っている。

瑛留の混乱は、傍《はた》から見ているだけでもわかるに違いない。兄は膝《ひざ》を抱えて蹲《うずくま》る瑛留に話しかけてくることなく、無言で傍にいてくれた。

同じように、山中で一晩中瑛留に寄り添《そ》ってくれたぬくもりは……白銀の毛皮を纏《まと》った、青い瞳《ひとみ》の美しい獣。

考えなければならないことは、無数にある。それどころではないと何度も追い出しているのに、ジークのことばかり思い浮かんでしまう。

闇《やみ》に覆《おお》われた夜の森の中でも、傍《そば》にジークがいてくれたから怖《こわ》くなかった。心強くて、安心できた。

瑛留を混乱の渦《うず》に突《つ》き落とした要因の一つでもあるはずなのに、それは……間違いない。

《六》

郷《さと》の人たちが、オオカミに姿を変えられることを知ったけれど、日の光の下で目にする限りただの人間にしか見えない。

彼らの瑛留に対する態度も、族長であるジークが許可をした客人として滞在していたこれまでと変わらない。……と、瑛留の身に大きな変化が起きた祭事の翌朝はそう思ったけれど、兄と瑛留に向ける視線の質が異なったように感じる。

いや、初めから彼らの態度や瑛留たちを見る目は同じで、変わったのは瑛留の受け止め方なのかもしれない。

表向きは友好的でも遠巻きに部外者を警戒《けいかい》するようなものだったのが、今は一挙手一投足をつぶさに観察されているみたいだ。

特に瑛留が歩いていると、子どもなどは露骨《ろこつ》に凝視《ぎょうし》してくる。オオカミに変わった姿はジークと兄と、フレイしか目にしていないと思っていたが、ジークの住処《すみか》から飛び出した時に誰《だれ》かに見られていたのかもしれない。

「洗い終わったお皿、ここに置きますね」

瑛留が女性に話しかけると、ビクッと肩を震わせて無言でコクコクと小さくうなずく。

こうして共に朝食の片付けをしていても、距離《きより》を感じる。

言葉が通じないこともあってか、直《じか》に接触《せっしょく》してくることはないけれど、なんとなく居心地《いごこち》が悪い。

余計な緊張《きんちょう》を与える自分はいないほうが親切かと、そそくさと立ち上がって炊事場《すいじば》から離れる。

広場の隅《すみ》で兄とフレイが話している姿が目に入り、駆《か》け寄ろうと一歩踏《ふ》み出したところで後ろから左腕を摑《つか》まれた。

「ッ！」

慌《あわ》てて振り返ると、そこに立っていたのはジークだった。驚《おどろ》きのあまり声も出なかった瑛留に、

「なんだ、エール。目が真ん丸だ」

と、小さく笑う。

「だって、ビックリした」

ここで瑛留に接触するのは、兄とフレイとジークしかいない。そのうちの二人が少し離れたところにいるのだから、瑛留の腕を摑むとしたらジークだということは当然なのに、心臓がバクバクしている。

落ち着かない心臓を抱《かか》えたまま、ジークを見上げて尋ねた。

「なに？」

「出かけるぞ」

瑛留は、用があって呼び止めたのだろうとその理由を聞いたのに、ジークから返ってきたのは予想外の一言だった。

それも瑛留の意向を尋ねるのではなく、出かけると決定していることの宣言だ。

「えっ、どこに？」

「山だ。おまえに見せたいものがある」

おれの意思は？　などと言い出せる雰囲気《ふんいき》ではない。瑛留の腕を摑んだまま、今にも歩き出しそうだ。

「でも、兄ちゃんに一言っ」

兄とフレイに顔を向けて、「おーい」と大きく右手を振る。

瑛留は助けを求めたつもりだったのだが、こちらに気づいたらしい兄とフレイは……笑って手を振り返してきた。

「えっ、なんで？　行ってらっしゃい、って？」

族長として信頼《しんらい》しているだろうフレイは仕方がないとしても、兄までのん気に構えている。

瑛留がジークに連れて行かれて、危険な目に遭《あ》わされるかもしれないなどとは、疑ってもいないようだ。

戸惑う瑛留の抵抗《ていこう》が鈍《にぶ》いのをいいことに、ジークはマイペースに先へと進む。気がつけば、手を引かれるまま山の獣道《けものみち》を歩いていた。

時おり鳥の羽音が聞こえるだけで、静かだ。自分たちが藪《やぶ》を掻《か》き分ける葉擦《はず》れの音が、やたらと大きく感じる。

瑛留の前を歩くジークの背中は大きくて、この後をついて行けば危険はないと無意識に信じて進む。

腕を掴まれていたはずなのに、いつの間にか手を握《にぎ》られていた。ジークの手は大きくて、瑛留の左手をすっぽりと包み込んでいる。

手のぬくもりを意識した途端《とたん》、落ち着かない気分になる。

なにか話していなければ居たたまれなくて、広い背中に向かって声をかけた。

「ねぇ、ジーク。見せたいものってなに?」

瑛留の問いに、答えはない。

数メートル歩き、大きな岩を乗り越えたジークは、振り向いて瑛留の手を引いてサポートをしながら仄《ほの》かな笑《え》みを浮かべた。

「もうすぐだ」

やっと返事をしてくれたと思えば、質問の答えとしては微妙《びみょう》にズレている。

はぐらかす態度にムッとするよりも、瑛留はジークの微笑《びしょう》に目を奪《うば》われた。

最初から友好的で親切だったフレイとは違《ちが》い、ジークは少し離れたところから瑛留たちを見るだけで素っ気ない態度だったと思う。駅前で話しかけてきた時とは違い、ここでは最低限の会話しかなかった。

なのに、ここしばらくで話しかけられることも笑みを向けられることも増えて、空気が和《やわ》らいだ気がする。

間違いなく、あの日からだ。

瑛留が、半ば強制的に自分の『正体』を自覚させられてから……。

ジークの顔を見上げた瑛留が気を抜いたことが見て取れたのか、左手を握っているジークの手に力が込められる。

「ほら、エール。足元に気をつけろ」

「あっ！　うん。よいしょ、っと……ありがとう」

滑《すべ》りそうになりながらもジークに引っ張り上げてもらい、なんとか大きな岩を乗り越えた。

危険な箇所《かしょ》は過ぎたはずなのに、ジークは瑛留の手を離そうとしない。危なっかしい足取りなので転ばないかと心配してくれているのかもしれないと思えば、振《ふ》り払《はら》うこともできなかった。

子ども扱《あつか》いされているだけだとしても、大きな手は心強い。

ジークのことを変わったと思っていたけれど、それは瑛留も同じだ。以前は意味もなく怖いと感じて、避《さ》けようとしていた。

今ではあの近寄り難《がた》さはどこに行ったのだろうと不思議に思うほど、ジークに対する壁が低くなっている。

前を歩く頼《たの》もしい背中をジッと見ているうちに、朧気《おぼろげ》ながらその理由が浮かんだ。

「そっか。無意識に、本能ってやつが察していたせいかも」

瑛留の『本性《ほんしょう》』が獣《けもの》だったのなら、自覚していない本能の部分で、ジークを格上の存在であると感じ取っていたのかもしれない。

言葉で言い表せない苦手意識は、純粋《じゅんすい》な恐怖《きょうふ》ではなく畏怖《いふ》だったのだと思えばしっくりくる。

自分とジークの正体を知った今、胸に渦巻《うずま》く感情は……なんだろう。

信じてついて行けば大丈夫《だいじょうぶ》だと信用できるし、触《ふ》れられても怖くはない。それなら、この動悸《どうき》の理由は？

もう少しで答えが見えそうで、うまく視界に映らない。もどかしさに眉《まゆ》を顰《ひそ》めていると、前を歩いていたジークが足を止めた。

足元を睨《にら》みながら歩いていた瑛留が、慌てて顔を上げたと同時にジークが振り返る。

「エール。すぐそこを覗《のぞ》いてみろ。あまり身を乗り出すなよ」

「う、うん」

握られたままの左手を引かれて、ジークに肩を並べる。覗くように言われた先は、地面が消えていた。

そこになにがあるのかわからないけれど、恐る恐る身を乗り出して崖下を覗いてみる。

「あれだ」

ジークの左手が指差した先には、断崖絶壁《だんがいぜっぺき》にしがみつくようにして咲《さ》いている大輪の白い花があった。剝《む》き出しの赤茶けた土とゴツゴツとした岩のあいだに一輪だけ佇《たたず》む様は、神秘的で美しい。

「すごい。あんなところに……綺麗《きれい》だ」

初めて見る花だった。瑛留はあまり植物に詳《くわ》しくないから、花の名前はわからないけれど、一番近いものだと百合《ゆり》に似ている。

白い花を見下ろす瑛留の手を握るジークの右手に、グッと力が込められた。

「この土地にだけ自生している花だ。開花したところを見られるのは一日だけで、夜には萎《しぼ》む。花が枯《か》れれば、根が万能薬《ばんのう》になる。数日前にもうすぐ咲きそうな蕾《つぼみ》を見つけたから、エールに見せたかった」

静かに語るジークを、そっと見上げた。

晴れた日の澄《す》んだ空のような青い目が、花を見ている。その端整《たんせい》な横顔に、トクンと心臓が大きく脈打った。

「それ以上、覗き込むな」

「あ……」

斜面《しゃめん》を転がり落ちないようにと支えてくれているのか、右手が力強く瑛留の肩を抱《だ》いていて……その手の存在を、途端に意識する。

慌ててジークの横顔から視線を逸《そ》らして、崖《がけ》に咲く白い花を見下ろした。

「す、ごく綺麗だけど、なんで、おれに？」

ドクドクと鼓動《こどう》が速くなっている。こんなに密着していたら、ジークにまで伝わってしまうかもしれない。

動悸を誤魔化《ごまか》すために尋《たず》ねた声は、上擦《うわず》っていないだろうか。

「あれは、俺たちにとって特別な花だからな。……一歩も動くなよ」

「えっ、ジーク……っ！」

低く瑛留に命じた直後、瑛留の肩を抱いていたジークの手が離れる。

これまで常に感じていたジークのぬくもりがなくなり、奇妙《きみょう》な肌寒《はだざむ》さに身を震《ふる》わせたのは一瞬《いっしゅん》だった。

白銀の風が、目の前を吹き抜けたのかと思った。

巨体の獣が断崖絶壁を駆《か》け下り、岩に前脚《まえあし》をかけて動きを止める。刺激したせいで赤茶けた土の塊《かたまり》がパラパラと崩《くず》れ落ちるのが目に映り、心臓が竦《すく》み上がった。

岩のところに辛《かろ》うじて脚をかけている白い獣は、ほんのわずかでもバランスを失えば、断崖絶壁を転がり落ちてしまうだろう。

「ジーク！」

名前を呼んだきり、他《ほか》の言葉が出てこない。

一瞬でも目を離せば恐《おそ》ろしいことが起きてしまうのではないかと、ただひたすら白銀の毛を纏《まと》った獣を見詰《みつ》める。

瑛留の心配をよそに、白い花の茎《くき》を折って銜《くわ》えたジークは、身軽に岩と岩を飛び移りながら崖を駆け上がってきた。

「ジーク……ッ、危ないだろっ。めちゃくちゃビックリしたっ」

ふらりとしゃがみ込んだ瑛留は、巨体の獣の首に腕を回して、ギュッと抱き締《し》める。深い毛に顔を埋《うず》め、ぬくもりを体感して無事であることに安堵《あんど》した。

しばらく無心で抱きついていたけれど、身を離したジークが瑛留の手元に白い花を押しつけてきて……反射的に受け取った。

「さっきの花、おれに？」

数秒だけ花に視線を落として顔を上げた時には、白銀のオオカミだったジークは人の姿に戻《もど》っていた。

ジークは草の上に落ちていた服を着込み、瑛留と視線を絡《から》ませる。白い花の茎を持つ瑛留の手に、そっと自分の手を添えた。

ふわりと鼻先をくすぐった甘く爽やかな香りは、この白い花のものだろう。どこかで嗅いだ気がする、なんとなく懐かしい匂いだ。

どこで？　と大きく息を吸い込んだ瑛留に、ジークが静かに語る。

「愛を示すと言われている花だ。開花は年に一度だけ、いつどこに咲くかわからない。その花を贈《おく》ることの意味が……わかるか？」

危険な場所に咲く、特別で希少な花。それを贈ることの意味が、わからない……とは言えない。

ハッキリと言葉にされたわけではないけれど、情熱的な告白をされた気分だった。

こんなふうに、真っ直ぐに想いを向けられたことは、これまで一度もない。

どうしよう。顔が熱い。どんどん熱くなって……きっと、頬《ほお》が紅潮している。

「エール」

そっと前髪《まえがみ》を掻き上げられると、顔を伏《ふ》せて表情を隠《かく》すことができなくなる。名前を呼ぶジークの声がやけに甘く感じて、動けない。声も出ない。

「……ッ」

どんどん近づいてくる端整な顔に、ギュッと目を閉じる。ジークの唇がそっと押しつけられたのは、瑛留の額で……軽く触れただけで離れて行った。

口づけと呼ぶにはささやかすぎるものなのに、うつむいたきり顔を上げられない。動悸が激しすぎて、心臓が壊れそうだ。

ただひたすら、右手に持った白い花を凝視《ぎょうし》する。

「おまえが同類でよかった」

頭上から落ちてきたジークの言葉に、どういう意味なのか、聞き返すこともできなかった。


日暮れ前。

ジークと共に白い花を手にした瑛留が集落へ戻《もど》ると、ざわりと空気が波立つような奇妙《きみょう》な気配が広がった。

言葉はないけれど、遠巻きにこちらを見ている郷《さと》の民《たみ》たちの射貫《いぬ》くような視線を感じる。

戸惑《とまど》う瑛留の背中に、大きな手が押し当てられた。服の布地越《ご》しにジークのぬくもりが伝わってきて、肩《かた》の力が抜《ぬ》ける。

「ジーク！」

どこか張り詰《つ》めた空気を破り、一人の少年が駆《か》け寄ってくる。瑛留の背中に触《ふ》れているジークの手が、ピクリと震《ふる》えるのがわかった。

ローティーンと思われる少年は、横目で瑛留を睨《にら》みつけておいてジークに話しかける。なにを訴《うった》えているのかはわからないが、時おり瑛留が持つ白い花に視線を向けることから、どうして瑛留に花を贈《おく》ったのだと詰め寄っているのだろうと推測はできる。

ジークが特別だと語ったこの白い花を贈ることの意味を、当然のことながら彼も承知しているのだろう。

ジークから瑛留に何故《なぜ》贈ったのだと、抗議《こうぎ》しているみたいだ。

「……！　エール……」

ひとしきり語って言葉を切った少年に、ジークが静かに言い返す。

その言葉の意味は、瑛留には理解できない。ただ、ジークの声で呼ばれた自分の名前だけは、やたらと鮮明《せんめい》に聞き取れた。

ジークに肩を叩《たた》かれた少年は、納得《なっとく》しかねるといった不満を露《あら》わにした表情で瑛留を睨みつけておいて、走り去った。

見上げたジークは、仕方がないとでも言いたそうな表情で少年の背中を見送っている。

「ジーク、おれがこれを持ってたらまずいんじゃないのか？」

花を持った右手を上げて、ジークに尋《たず》ねる。ふわりといい匂《にお》いがして、瑛留の緊張《きんちょう》を和《やわ》らげてくれた。

「エールが気にすることはない。ああ……ほら、ちょうどフレイとトールも戻ってきたみたいだぞ」

フレイの案内でどこかに出かけていたらしく、兄とフレイが広場に姿を見せる。あちらも瑛留とジークに気づいたようで、早足で近づいてきた。

「瑛留、その花はどうした？　綺麗《きれい》だが……見たことのない花だな」

兄は瑛留が右手に持った花に目敏《めざと》く気づいて、首を傾《かし》げる。

ユリ科か？　いや、でも……と花の種類に悩《なや》んでいる兄から、瑛留は無意識に花を持つ手を遠ざけた。

何故か、兄に……というより、誰《だれ》にも触《さわ》らせたくないと思った。ジークが危険を冒《おか》して採り、瑛留に贈ってくれたものだ。

「この地域に自生している花だって。……ジークがくれた」

ぽつりと口にした瑛留に、兄は「固有種か。事前に、植物についてももう少し知識を入れておくべきだったな」と、悔《くや》しそうに独り言《ご》ちている。

相変わらず好奇心旺盛《こうきしんおうせい》だな……と苦笑《くしょう》したところで、なにも言わずに兄の隣《となり》に立っているフレイと視線が合った。

言葉はなかったけれど、ふわりと微笑《ほほえ》みかけられてドギマギする。

ジークがこの白い花を贈る意味も、瑛留が誰にも触らせたくないと思ったことも、なにもかも見透《みす》かされているみたいだ。

「トール。あの花がお気に召《め》したのでしたら、私が採取してきます」

「いや、咲《さ》いているところに案内してくれるだけで、ありがたい。自生している環境《かんきょう》も気になるし、周りにどんな植物があるのかも見ておきたい。鹿《しか》や兎《うさぎ》といった草食動物に食われないのなら、花弁か茎《くき》か葉か根か、どこかに毒を含《ふく》んでいるのか？　ユリ科だとしたら、それもあり得るが……」

ぶつぶつ零《こぼ》しながら思考に入り込んでいる兄は、『花を贈ることに意味がある』というところまで思い至らないようだ。

フレイは、兄が花に興味を示したから、単に親切心で採取してこようかと言い出したのだろうか。

それとも……。

チラリとフレイの顔色を窺《うかが》ったと同時に、彼がこちらに目を向けた。

まともに視線が絡《から》んでしまい、フレイの意思を探《さぐ》ろうとしていた瑛留は気まずい思いで視線を泳がせる。

誤魔化《ごまか》すのが下手な瑛留は、考えていることが露骨《ろこつ》に顔に出ていたのだろう。フレイは、微笑を滲《にじ》ませて笑顔《えがお》で真意を隠《かく》すと、ジークに話しかけた。

「エールの……」

瑛留たちに聞かせたくない内容なのか、ドイツ語ではなくこの土地の言葉だ。

自分のことを話しているのはわかるのに、二人がなにを言っているのかわからないのはもどかしい。

不安そうな表情で口を噤《つぐ》んだフレイに、ジークが大きくうなずいて瑛留の肩を抱《だ》いてきた。

「ジーク？　なに？」

ジークとフレイを交互《こうご》に見遣《みや》った瑛留は、兄と視線を合わせて「なに？」「さぁ？」と首を傾げる。

戸惑う瑛留の頭上から、短い一言が降ってきた。

「おまえは俺が護《まも》る」

「…………」

唐突《とうとつ》な宣言の理由は不明でも、力強い言葉は頼《たの》もしい。

あの少年の訴えも、フレイとのあいだでどんな会話が交《か》わされたのかも瑛留にはわからないが、ジークの傍《そば》にいればきっと大丈夫《だいじょうぶ》なのだと信じられる。

兄は、「すっかり打ち解けたな」と笑っていたけれど、瑛留は複雑な思いでぎこちない笑みを浮《う》かべた。

ジークの瑛留への想《おも》いは、兄の言った「打ち解けた」という意味とは、たぶん……少し違《ちが》う。

では、瑛留のジークへの想いは？

「瑛留？　妙《みょう》な顔をして、どうした？」

「え、っと……よくわかんない」

それしか答えられなかったけれど、寄り添《そ》うジークの存在は頼もしく感じる。少し前まで身構えていたことが嘘《うそ》のように、安心する。

余所者《よそもの》で、ジークへの感情は曖昧《あいまい》で……自分のこともよくわからない瑛留に、この花を受け取る資格はあるのだろうかと、右手の白い花を見下ろした。

《七》

ジークにもらった白い花は、水を入れた器《うつわ》に茎を挿《さ》しておいたにもかかわらず、翌日の昼には花弁を散らしていた。

一日で萎《しぼ》むと聞いてはいたが、切り花になっても儚《はかな》さは同じだったようだ。兄は、「ユリ科の花なら、二、三日は咲いているのになぁ。サボテンの類《たぐい》なら一日しかもたない種もあるが」と首を捻《ひね》っていた。

花弁が落ちると、独特の香《かお》りもなくなってしまった。床《ゆか》に散った花弁を拾い集めた瑛留は、緑色の茎と葉だけになったものと一緒《いっしょ》に土に埋《う》めた。

「ドライフラワーにするのも無理だっただろうし、仕方ないよね」

しゃがみ込んだ瑛留は、手に掬《すく》った土をパラパラとかけながら、しょんぼりと肩を落とす。

ジークが危険を冒して採ってきてくれたのだから、可能なら綺麗な状態で残しておきたかった。でも、こうして呆気《あっけ》なく散ってしまうものだからこそ外部に持ち出されることなく、固有種としてこの土地に存在しているのだろうとも思う。

「ジークも言ってたけど、本当に特別な花なんだろうな」

ハッキリと言葉にされたわけではないが、愛を示すという花を贈《おく》られたということは、ジークからの告白だと受け取っていいだろう。

ただ、

「……なんで、おれ？」

その疑問に対する答えは、いくら考えても出ない。

外国人で、兄の予想通り正体がニホンオオカミならジークたちとは異なる種で、秀《ひい》でた特技や際立《きわだ》つ美貌《びぼう》を誇《ほこ》るわけでもない。

なにより、瑛留は女性ではないのだ。

族長という立場上、きっとジークには後継《あとつ》ぎが必要なはずだ。でもそれは、瑛留が相手では生《な》すことは不可能だ。

子どもではないのだから、ジークにもわからないわけがない。

考えれば考えるほど、ジークに好意を寄せられる理由など一つもないと思う。

「それに、ずっとここにいるわけじゃない……し」

当初予定していた滞在《たいざい》期間は二か月ほどだけれど、気がつけばその半分が過ぎてしまった。

ジークは、自分たちの秘密を知ったからにはここから出せないと言っていたが、現実問題としてビザが切れて不法滞在となる前にどうにかして日本へ帰らなければならない。

「兄ちゃん、どうする気だろ」

兄は、なんとかなるだろと相変わらず能天気に構えている。実際に、これまで外国で様々なトラブルを乗り越《こ》えてきた兄がそう言うと、瑛留まで「なんとかなるか？」という気になるから不思議だ。

瑛留がジークに山歩きに連れ出されたりしているあいだに、フレイと散策をしたり何やら話し込んだりして親交を深めているようなので、彼に協力を仰《あお》いでいる可能性もあるが……。

ここを出て行く、と思い浮かべた直後、胸の奥に針で突《つ》かれたような痛みが走った。

無言で眉《まゆ》を顰《ひそ》めた瑛留の背に、「エール」と誰かが呼びかけてくる。

しゃがみ込んだまま白い花の残骸《ざんがい》を埋めた土を見下ろしていた瑛留は、ビクッと肩《かた》を震《ふる》わせて振《ふ》り向いた。

「あっ、ええと……」

仁王立《におうだ》ちして瑛留を見下ろしている少年には、見覚えがあった。白い花を手にしてジークと戻《もど》った時に、なにやら憤《いきどお》っていた子だ。

民族的なものなのか、ここは整った容姿の住人が多い。その中でも一際美形で、淡《あわ》い金髪《きんぱつ》と水色の瞳《ひとみ》が印象的だったので間違いない。

名前を呼びかけられたのだから、なにか自分に用があるのだろう。

ただ、言葉が通じないはずなので話しかけていいものか躊躇《ためら》っていると、一歩、二歩、距離《きょり》を詰《つ》めてきた。

「ジークとフレイに、習った。少し、わかる。外の学校に行くの、次は俺」

ニコリともせずに話しかけられて、驚《おどろ》きに目を瞠《みは》った。

流暢《りゅうちょう》とは言い難《がた》いドイツ語だけれど、覚え始めの頃《ころ》の瑛留よりも遥《はる》かにきちんとした発音だ。

ジークとフレイが外国に留学していたことは聞いたが、次はこの少年だと決まっているらしい。

「わからないか」

睨《にら》むようにこちらを見ている少年と目が合い、ぼんやりしていた瑛留は、なにか言葉を返さなければと我《われ》に返る。

「わかるよ」

立ち上がり、なんとか絞《しぼ》り出した言葉は気の利《き》かないもので、年長者としての不甲斐《ふがい》なさに自分を殴《なぐ》りたくなる。

これまで遠巻きにされていたのに、わざわざ話しかけてきたのはどうして？

瑛留が尋《たず》ねようとしたところで、彼が「エール」とつぶやいた。

「こっち。エールの、手伝いが必要だ」

そう言って山中へと延びる小道の奥を指差した少年は、目で瑛留についてくるよう促《うなが》して歩き出した。

これまであまり友好的な空気を感じなかったにもかかわらず、瑛留に声をかけなければならないくらい困っているのだろうか。

役に立てるかどうかわからないが、自分が必要としてもらえるのなら手助けをしたい。力仕事には自信がないけれど、彼も瑛留が力を要する仕事には向いていないことはわかっているだろう。

「あのっ、ちょっと待って」

黙《だま》って離《はな》れると、心配させてしまう。建物の中にいる兄に声をかけるべきかと思ったけれど、彼は瑛留の声が聞こえなかったのか立ち止まることなく歩いていく。

迷いは数秒で、踵《きびす》を返した瑛留は早足で少年の後を追いかけた。


目的地は定まっているらしく、彼は迷う素振《そぶ》りもなく山道を進んで行く。

あと一時間もしたら夕闇《ゆうやみ》に包まれるはずだ。ランプや松明《たいまつ》を持っているようには見えないので、それほど遠くには行かないだろう。

そう思っていたけれど、彼は瑛留がついて来ていることを時おり振り向いて確かめながら、集落からどんどん離れていく。

「あの、……どこまで行くんだ？　おれの、手伝いって？」

呼びかけようとしたところで、名前を知らないことに気づいた。

山道が少し平坦《へいたん》になったところでなんとか追いつき、瑛留より少しだけ低い位置にある金色の髪《かみ》を見下ろす。

ようやく立ち止まってくれた少年にホッとして、聞きたかったことを投げかけた。

「あの、名前……教えてくれる？　どこまで行くのかな？　おれが手伝えること？」

矢継《やつ》ぎ早に質問してしまったせいか、彼は少し眉を顰めて困惑《こんわく》の表情を見せる。近くできちんと顔を見たのは初めてだけれど、目元がなんとなくジークに似ている……と思った瞬間《しゅんかん》、わずかながら緊張《きんちょう》が和《やわ》らいだ。

答えを待つ瑛留の顔を、無表情でジッと見ていた彼は、

「すぐそこだ」

とだけ口にして前に向き直り、再び歩き出す。

きちんと聞き取れなかったのかもしれないけれど、瑛留の質問に一つも明確な答えをくれなかった。

瑛留と話したくない、自分の名前も言いたくないくらい嫌《きら》われているのかとも思ったが、それならわざわざ手伝いを求めて誘《さそ》い出したりはしないはずだ。

少年の真意が読めなくて思い悩《なや》みながら歩く距離は、そう長くはなかった。すぐそこと言った通り、百メートルも行かずに彼が足を止めた。

「こっち」

太い木の幹に手をかけると、振り向いて瑛留を手招きする。腰《こし》ほども背丈《せたけ》のある草が邪魔《じやま》をして、そこになにがあるのか瑛留の位置からは見えない。

ガサガサと草を掻《か》き分けて彼の傍《そば》に近づくと、恐《おそ》る恐る身を乗り出した。

「なに？　……洞窟《どうくつ》？」

少年に肩を並べて覗《のぞ》き込んだ先には、幹の周囲が三、四メートルはありそうな大きな木がある。その根元には、ぽっかりと暗い穴が口を開けていた。

「すご……」

子どもみたいな語彙《ごい》力だと自分でも思うが、幼い頃に観《み》たアニメ映画の一場面のような光景に、その一言しか出ない。

天然の洞窟か、動物の巣穴のようだ。木の根が穴の周りを覆《おお》い、中の様子は見て取ることができない。

まるで、大木が口を開けて近づいてくるものを丸のみしようと待ち構えているようにも見えて、ざわっと鳥肌《とりはだ》が立った。

「ここになにが」

少年の横顔に話しかけようとした瑛留は、ゴロ……と遠くから聞こえてきた不穏《ふおん》な音に口を噤《つぐ》んで、頭上を仰ぐ。

瑛留を取り囲む針葉樹は、大きいものだと高さ百メートル近くあるだろう。その幹から張り出した木の枝の隙間《すきま》から垣間見《かいまみ》える空は、不気味な灰色の雲に覆われていた。

密集した針葉樹林が太陽光を遮《さえぎ》るせいで、日中でも森の奥は薄暗《うすぐら》い。日暮れが近づいているせいで、尚更《なおさら》視界が翳《かげ》ってきたのだと思っていたけれど、天気が下り坂なのも要因の一つだったらしい。

雨が降りそうだな……と思いながら仰向《あおむ》けていた顔を戻そうとした瞬間、背中に衝撃《しょうげき》が走った。

「え、ッ！」

声を上げる間も足を踏《ふ》ん張る余裕《よゆう》もなく、アッと思った時には身体《からだ》が投げ出されていた。

身体のあちこちを打ちつけたけれど、さほど痛くはない。ただ、視界が真っ暗で、自分の身になにが起きたのかわからなかった。

ドクドクと激しい動悸《どうき》を感じながら、手を動かす。

「どうなってんの？」

恐る恐る手探《てさぐ》りで身の回りを探ってみると、ゴツゴツとした石や細い木の根らしきものに囲まれているようだ。

顔や手足に、ザラザラとした感触《かんしょく》……息を吸い込むと、湿《しめ》った土の匂《にお》いが鼻腔《びこう》に流れ込んでくる。

なんとか上半身を起こして、ぼんやりとした光が差す方へと顔を向ける。

三メートルほど上、瑛留が手を伸ばしても届かない高さに黒い影《かげ》が光の中に浮《う》かんでいる。逆光になっているせいでハッキリと見えないけれど、先ほどまで一緒《いっしょ》にいた少年だということは確実だ。

あちらからは、瑛留の姿が見えているのだろうか。

「おーい！　えっと……」

名前を知らないので、どう呼びかければいいのかわからなくて言葉を濁《にご》す。

瑛留の声は聞こえたはずなのに、黒い影は動かない。言い返してくるでもない。

人を疑うのは嫌《いや》だが、この状況《じょうきょう》からして、口を開けていた大樹の洞《うろ》へ突《つ》き落とされたとしか思えなかった。

急激に喉《のど》が渇《かわ》く。もう、声は出そうにない。耳の奥に響《ひび》く心臓の鼓動《こどう》だけが、やけに大きく聞こえた。

彼がどうする気なのかまったく読めないので、身体が動かない。ただひたすら息を潜《ひそ》めて、光の中の影を見上げる。

ゴロゴロと空気を震《ふる》わせる不気味な雷鳴《らいめい》が、少しずつ近づいてくる。瑛留がその音に気を取られたのを見透《みす》かしたかのようなタイミングで、

「おまえ、邪魔」

ぽつりと、短いつぶやきが落ちてきた。

「えっ？　ねぇ、なんて？」

かすれた声で聞き返した瑛留に答えることなく、ぼんやりとした光に浮かんでいた黒い影はスッと消えてしまった。

どこに行ったのか、目を凝《こ》らして見詰《みつ》めていても黒い影は戻《もど》ってこない。

「え……？」

一人きりで洞に取り残された瑛留は、呆然《ぼうぜん》と手を伸《の》ばした。

湿った土の感触と、まちまちな太さの木の根……指先に力を込めると、土壁《つちかべ》に大小入り交じった石がボロボロと崩《くず》れる。

足をかけようとしても引っかかりはなく、飛び上がった身体は土壁にしがみつくこともできずに滑《すべ》り落ちた。

じっとりとした土に座り込み、近くに見えて届くことのない仄《ほの》かな光を見上げる。

きっと、彼はもう戻らない。瑛留を置き去りにして、集落に戻ったに違《ちが》いない。

「邪魔、って……言った」

他《ほか》の単語と聞き間違えていなければ、そう言い残したのだ。

一族にとってなのか、彼個人にとってなのかはわからないが、山奥に打ち捨てたいほど瑛留の存在が疎《うと》ましかったのだろう。

あの少年と瑛留が山に入ったことは、誰《だれ》も知らない。夜になっても姿が見えなければ兄やフレイ、ジークは捜《さが》してくれるかもしれないが、彼が口を噤んでいれば瑛留の居場所を突き止めることは不可能に違いない。

もしも、ここから自力で出られなければ……。

頭を過《よぎ》った『もしも』の恐怖《きょうふ》に、背筋を悪寒《おかん》が駆《か》け上がった。ぶるっと身体を震わせた瑛留は、両手で自分の身体を抱《だ》くようにして奥歯を噛《か》み締《し》める。

どれほど大声で叫《さけ》んでも、無駄《むだ》だ。ここから集落まで、声が届くはずがない。

頭ではそうわかっているのに、誰かに助けを求めずにはいられなくなって、震える唇《くちびる》を開いた。

「だ、ッ……ッ！」

誰か助けて！　と。

全身全霊《ぜんしんぜんれい》で声を張り上げようとしたのに、瑛留の唇からはか細い吐息《といき》が零《こぼ》れただけだった。

喉の奥に、空気の塊《かたまり》が詰まっているみたいだ。うまく言葉が出てこない。

「ふ、っぅ……ッ」

どうにか声を絞《しぼ》り出そうとしても、渇いた喉がヒリヒリと痛むばかりで、両手で喉元を押さえて唇を噛んだ。

ダメだ。ここで、ジッと座り込んでいても事態は変わらない。

ふらりと立ち上がり、何度跳《と》び上がっても洞の縁《ふち》には届かなかった。指先で掘《ほ》った土が顔にかかって目に入りそうになり、頭を振《ふ》って払《はら》い除《の》けた。

ようやく細い木の根を掴《つか》んでも呆気《あっけ》なく千切れてしまい、もどかしさに苛立《いらだ》ちながら投げ捨てる。

どうにか這《は》い上がれないかと悪戦苦闘《あくせんくとう》していた瑛留だが、すぐ近くで鳴り響いた雷鳴にビクッと手を引いて身を竦《すく》ませた。

動きを止めてしまうと、一気に疲労《ひろう》が伸し掛《か》かってきた。いつの間にか日が暮れてしまったらしく、頭上にあったぼんやりとした光が消え失《う》せている。

目指す光を失った瑛留は、土壁に縋《すが》りついていた手を下ろした。

「ふっ……はぁ、はっ……はぁ」

背中を丸めて両膝《りょうひざ》を掴み、ゼイゼイと肩《かた》で息をつきながら絶望感に打ちひしがれる。

悪足掻《わるあが》きだ。体力を消耗《しょうもう》しただけだった。

……ここから出られない。

崩れるように座り込み、両腕《りょううで》で膝を抱《かか》え込んで顔を伏《ふ》せた。どうせ目を開けていても真っ暗なのだから、物理的に視界を塞《ふさ》いでしまうほうがいい。

諦《あきら》めという名の闇《やみ》に呑《の》み込まれかけても、涙《なみだ》も出なかった。ただひたすら、虚無感《きょむかん》に全身の力が抜《ぬ》ける。

深く息をつき、目を閉じたと同時に、バリバリバリと空気が引き裂《さ》かれるような音が瑛留の鼓膜《こまく》を震わせた。

驚《おどろ》いて顔を上げると、真っ暗だった視界の端《はし》に閃光《せんこう》が走る。

「っ、落ちた？」

近くに落雷《らくらい》があったのか、耳をつんざく轟音《ごうおん》が立て続けに響き振動《しんどう》が伝わってくる。その直後、激しい雨音が聞こえてきた。

窪《くぼ》んだ洞の底は、地下にいるのと同じだ。雨水が流れ込んでくるのではないかと身構えたけれど、地面より少し高い位置に洞の口があったからか、ここが水で満たされることはなさそうだ。

「溺《おぼ》れ死ぬことはない、かな」

つぶやいたけれど、安心はできない。溺死《できし》は回避《かいひ》できたかもしれないが、飢《う》え死にも嫌だなと眉《まゆ》を顰《ひそ》める。

誰にも知られず、朽《く》ちて植物の養分となるか……野生動物の糧《かて》となるのか。

己《おのれ》の行く末を想像するだけで、底なし沼《ぬま》に沈《しず》んでいくような果てしない恐怖と不安が纏《まと》わりついてくる。

「兄ちゃん。……ジーク」

閉じた瞼《まぶた》の裏に、二度と逢《あ》えないかもしれない兄の顔を思い描《えが》く。

今、瑛留の心の拠《よ》り所になるのは、兄だけ……のはずなのに、自然と浮かんだジークの名前をぽつりと零《こぼ》す。

同じように、夜の闇に覆《おお》われた山奥で彼と一緒に一晩を過ごした。あの時は、怖《こわ》いなどと微塵《みじん》も感じなかった。

ジークのぬくもりが、片時も離《はな》れず寄り添《そ》ってくれていたからだ。

「ジーク、ジーク……ジークッ」

一度その名を呼んでしまえば、他の言葉が出てこない。

脳裏《のうり》に浮かぶのは、白銀の髪《かみ》と澄《す》んだ青空の色の瞳《ひとみ》、広い背中に大きな手。そして……髪と同じ白銀の獣毛《じゅうもう》に覆われた、巨大《きょだい》なオオカミの姿。

発酵酒《はっこうしゅ》のせいか、獣《けもの》に身を変えた自分を目にした精神的なショックのせいか、あの夜の記憶《きおく》は曖昧《あいまい》でしかない。

でも、一晩中傍《そば》にあったジークのぬくもりと安堵感《あんどかん》は、瑛留の心身に刻み込まれている。人の姿ではなくても、傍にいれば不安は一つもないのだと自分でも不思議なくらい信じて、身を預けた。

明確な記憶は、白い花を贈《おく》られた時のものだ。

断崖絶壁《だんがいぜっぺき》を躊躇《ちゅうちょ》なく駆け下り、純白の花を銜《くわ》えて飛ぶような身軽さで崖《がけ》を上ってきた。驚きと無事だった安堵《あんど》に、自然と身体《からだ》が動いて抱きついた巨大な獣は、頑健《がんけん》な骨格と筋肉、みっしりとした体毛に包まれていて……あたたかかった。

勇猛《ゆうもう》で優美な獣は、想像するだけでも瑛留を慰《なぐさ》めてくれるけれど、幻影《げんえい》では物足りない。

どうして、今ここにいないのだろう。

あのぬくもりがあれば、どれほど深い闇に身を投じても怯《ひる》むことなく立っていられるはずなのに……。

「なんか、寒い」

雨のせいで気温が下がったのか、肌寒《はだざむ》さを感じて身を縮めた。手のひらで腕を擦《さす》っても、気休めにもならない。

「……ジーク」

その名前を呼ぶだけで、寒さも恐怖も不安も絶望さえも、わずかながら薄《うす》らいだ気がする。

どんな魔法《まほう》なのかと、もう一度「ジーク」と口にした。

縋るようにジークの名前を口にしながら、威風堂々《いふうどうどう》とした白銀の獣の姿を思い浮《う》かべていたけれど……。

「あ……れ？」

ふと、抱え込んだ膝に伏せていた顔を上げた。

いつの間にか、雷《かみなり》が遠ざかっている。激しかった雨音も静まり、どこかに溜《た》まった水がぴちゃんぴちゃんと滴《したた》る音が聞こえてくる。

不意に誰かに呼ばれたような気がして、ゆっくりと頭上を仰《あお》いだ。

漆黒《しっこく》の闇でしかなかった視界に、明かりが揺《ゆ》らめく。

不規則な揺らめきは、光というよりも真っ赤な炎《ほのお》？

頭上を照らす光の正体を確かめたいのに、これまで暗闇にいたせいか、眩《まぶ》しくてよく見えない。

右目を眇《すが》めた瑛留が、手の甲《こう》で目元を擦った次の瞬間《しゅんかん》、ザザッと土が降ってきた。反射的に頭を抱えて、その場にしゃがみ込む。

しばらく蹲《うずくま》っていたけれど、それ以上の異変はない。空気が動く気配と同時に瑛留の首筋をなにかがくすぐり、慌《あわ》てて顔を上げた。

「なっ、なに？　あ……」

土と共に滑《すべ》り落ちてきたのか、炎が揺らめく太い松明《たいまつ》の端を銜えた、白銀のオオカミが立っていた。

青い瞳が、ジッと瑛留を見詰《みつ》めている。

「ジー……ク？」

確信を持って小声で呼びかけると、大きくて長い尻尾《しっぽ》がふわりと揺れる。先ほど瑛留の首筋に触《ふ》れて顔を上げるよう促《うなが》したのは、この尻尾だったようだ。

銜えていた松明を落とすと、ぶるっと身震《みぶる》いをして体毛に纏っている水滴《すいてき》を飛ばした。

「どうして、ここに……。おれを助けに来てくれた？」

瑛留の疑問に答えるように、もう一度身震いをする。容赦《ようしゃ》なく飛んでくる水飛沫《みずしぶき》から瑛留が顔を背《そむ》けているあいだに人間の姿へと変わったらしく、白銀のオオカミがいた場所には見慣れた長身の青年が立っていた。

「エール。無事でよかった。怪我《けが》はないか？」

振り向いて一歩で距離《きょり》を詰めてきたジークは、瑛留の肩を両手で強く摑み、食い入るように顔を見詰めてくる。

「大丈夫《だいじょうぶ》。擦《す》り傷くらい？」

瑛留は大丈夫だと答えたのに、自分の目で見なければ気が済まないのかもしれない。手を離すことなく、鋭《するど》い目で見下ろしてきた。

「見えるところには、大きな怪我はなさそうだが……」

足元に落ちている松明の灯《あか》りでは不十分なのか、肩や腕を摑み、背中や腹まで両手で撫《な》でられる。

そうして瑛留に怪我がないかひと通り確かめたジークは、ようやく気が済んだらしい。大きく息をつきながら、両腕の中に抱《だ》き締《し》められた。

「ジーク、おれがここにいるって……あの子が言った？」

名前を知らないので、もどかしい。でもジークがここにいるということは、あの少年から瑛留の居所を聞き出したに違《ちが》いない。

そろりと尋《たず》ねると、瑛留の背中を抱くジークの腕《うで》にグッと力が込められる。

「バルドルは、きつく叱《しか》っておいた。……エールの姿が見当たらなくて捜《さが》していたところに、山から戻《もど》ってきた。エールの匂《にお》いがしたから問い詰めたら、ここだと白状した。子どものイタズラだと済ませるには、度が過ぎる」

瑛留も、子どものイタズラだとは言えない。

邪魔《じゃま》だと言い捨てた彼の声は、凍《こお》りつくように冷たかった。心底、瑛留の存在を疎《うと》ましく思って排除《はいじょ》しようとしたのだ。

「おれ、あの子……バルドル？　に、こんなに嫌《きら》われてるって気がつかなかった。外国から来て、ジークたちのテリトリーにズカズカと無神経に踏《ふ》み込んだと考えれば、反感を買っても仕方ないとも思うけど……。自覚なく悪いことをしたんだろうな」

瑛留のなにが、それほど彼の神経を逆撫《さかな》でしたのかはわからない。でも、余所者《よそもの》が好き勝手に歩き回っているというだけで、不快感を与《あた》えていた可能性はある。オオカミは縄張《なわば》り意識が強いのだから、さぞかし目障《めざわ》りだっただろう。

肩《かた》を落とした瑛留に、ジークは低く「エールが原因ではない」と吐《は》き捨てた。

「リーダーである俺が許可したのだから、逆らうことは許さん。俺がエールに求愛したことを知っていながら、この行いは許しがたい。後継《こうけい》候補だからといって、バルドルを甘やかし過ぎたようだ」

　バルドルが後継候補だという一言は、意外だと思わなかった。留学することが決まっているようだったし、ジークとフレイからドイツ語も教えられているのだ。

　ジークの厳しい言葉になにも言えずにいると、瑛留を腕に抱いたジークがふっと息をついて続ける。

「バルドルにしてみれば、俺がエールをツガイに選んだことが気に食わないんだろう。昨日も、不釣《ふつ》り合いだなどと言って反発した。あいつは幼い頃《ころ》から、過剰《かじょう》に俺を理想化している」

「不釣り合いだとは、おれも思う。おれには、ジークからあの花を贈られる理由がないよ。反対するあの子……バルドルの気持ちが、わかる」

　慕《した》っていたジークを惑《まど》わす存在として、瑛留を嫌悪《けんお》するのもわからなくはない。

　瑛留がバルドルの立場なら、やはり反発したと思う。

　こんな、突然《とつぜん》現れたよくわからない異邦人《いほうじん》に求愛するなど、なにを考えているのだと眉《まゆ》を顰《ひそ》めただろう。

　迷い迷い口にした瑛留の言葉に、強く背中を抱いていたジークの腕から力が抜《ぬ》ける。肩に手を乗せ、少し距離を置いて視線を絡《から》ませてきた。

「人混《ひとご》みの中でも、エールの匂いは特別だった。ずっと探し求めていたのはおまえだと、俺の中の本能が告げたんだ。近くで見ているあいだに、その思いはどんどん大きくなり……おまえが獣《けもの》に姿を変えたあの夜、ツガイにするならエールしかいないと確信した。本能で惹《ひ》かれ、カラダが反応して、心が愛《いと》しいと感じる。求愛の理由にならないか？」

澄《す》んだ青空のような綺麗《きれい》な瞳《ひとみ》が、真っ直《す》ぐにエールを見詰めている。

地面に置かれた松明の炎は、今にも消えてしまいそうなほど小さくなっている。それでも揺らぐ灯りに照らし出されたその表情は真摯《しんし》に想《おも》いを伝えてきて、心臓がドクドクと鼓動《こどう》を速めた。

大きな手を置かれた肩が熱い。少し前まで肌寒さを感じていたのが、嘘《うそ》のようだ。

「エールの匂いは、心地《ここち》いい。甘くて……胸が苦しくなる。こうしていると、人の姿を保っていられなくなりそうで……獣の衝動《しょうどう》に駆《か》られて、食いつきたいほど高揚《こうよう》する。姿の見えないおまえを捜していた時、知らないと顔を背けたバルドルから微《かす》かな匂いを感じた瞬間は怒《いか》りで理性が焼き切れるかと思った。俺から理性を奪《うば》うのは、おまえだけだ」

こんなに語るジークは、初めてだ。

なんとか瑛留に想いを伝えようと、懸命《けんめい》なのだと伝わってくる。熱っぽく潤《うる》む瞳から、目を逸《そ》らせない。

「エール。おまえは、感じないか？　頭で考えるのではなく、本能の声に従え」

「おれ、は……」

躊躇《ためら》う瑛留の視線を捉《とら》えたまま、ジークの瞳が近づいてくる。

青い瞳に縫《ぬ》い留められたかのように、動けない。激しい動悸《どうき》がうるさくて、なにも考えられなくなる。

感じるのは、ジークが傍《そば》にいるといつも漂《ただよ》っている心地よい香《かお》り。あの純白の花のものに似た、爽《さわ》やかで甘い、どこか懐《なつ》かしい芳香《ほうこう》だ。

唇《くちびる》が触れ、震《ふる》える瞼《まぶた》を閉じる。瑛留が逃《に》げないせいか、頭を抱《かか》えるようにして口づけが深くなる。

「ン……、ぅ」

ぺろりと唇を舐《な》め、口腔《こうこう》に潜《もぐ》り込んできたジークの舌が熱い。どうすることもできない瑛留の舌先をチラリとくすぐり、味わっているみたいだ。

どうしよう。なにもかも気持ちいい。

頭で考えることを放棄《ほうき》したら、ジークに触れられたところから身体《からだ》の隅々《すみずみ》にまで快さが広がっていく。

「ン、は……ぁ」

うまく息を継《つ》げなくて身体を捩《よじ》ると、逃げていると思われたのかもしれない。離《はな》れることなど許さないとばかりに、強く背中を抱き寄せられた。

「逃げるな」

低く命じておいて、再び唇を重ねられる。

触《ふ》れ合った舌先を甘噛《あまが》みされた瞬間《しゅんかん》、ビクッと身体が震えた。ジークの肩に縋《すが》りつくと、思考を鈍《にぶ》くする香りが強くなったみたいだ。

頭がクラクラする。息が苦しい。全身が燃えるように熱くなり、手足の力が抜けた。

「ふっ……」

「エール？　……愛らしいな」

口づけから解放されたと同時に、ふらりと脱力《だつりょく》した瑛留の身体をジークが抱き留める。耳元で小さく笑った気配がして、軽く背中を叩《たた》いた。

慣れない様子を、子どもだと揶揄《やゆ》する雰囲気《ふんいき》ではなかったから、腕を離せと抗《あらが》うことなく無言で肩に額を埋《うず》める。

瑛留が大人しく腕に抱かれているせいか、ジークは機嫌《きげん》よく話しかけてきた。

「夜の山を歩くには、人の姿ではないほうがいい。でもおまえは、自在に姿を変えられないのだろう。日が昇《のぼ》るまで、ここで待とう」

確かに、瑛留がオオカミに姿を変えたのは満月の夜の一度きりだ。ジークは自身の意志で自在に人と獣のあいだを行き来できるようだが、瑛留はどうすればまたオオカミの姿に変わるのかわからない。

なにより、そうなることを望まないから、もう二度と変身したくないと祈《いの》っている。

獣化《じゅうか》を自然なこととして受け止めているジークに、自分は獣への変身を歓迎《かんげい》しないとは言えなくて、話の矛先《ほこさき》を変えた。

「日が昇るまで待ったとしても、ここから出るにはどうすればいい？　手を伸《の》ばしても届かなかったし、土の壁《かべ》が崩《くず》れて登れなかった」

話を逸らす意図もあったが、現実的な問題でもある。山歩き以前に、この洞《うろ》から出られなければどうにもならないのだ。

オオカミの姿だったジークは、身軽に滑《すべ》り降りてきた。もしかしたら、花を銜《くわ》えて崖《がけ》を駆け登ったように、ここから出ることもできるかもしれない。

瑛留は……もし獣に姿を変えることができても、自分にジークと同じ運動能力があるとは思えなかった。

瑛留の不安を、ジークは「問題ない」という力強い言葉で払拭《ふっしょく》する。

「急な吹雪《ふぶき》に身動きが取れなくなり、この洞で一夜を明かしたことは過去にもある。反対側に、太い木の根を伝ってよじ登ることのできる箇所《かしょ》があるんだ。もしエールが上がれなくても、俺が先に行ってエールを引き上げる」

ジークの視線を追いかけて、斜《なな》め後ろに目を向ける。

夜目が利《き》かないせいで不用意に動き回ることができなかったこともあり、目の前の土壁を這《は》い上がろうと必死になっていた。

松明《たいまつ》の火に照らされていることで、これまでは井戸《いど》の底のようなイメージだった洞の中が、予想よりも広い空間だったのだとわかった。

「不安そうな顔をするな。必ず、エールをここから出してやる」

微笑《びしょう》を浮《う》かべてそう口にしたジークが、大きな手で髪《かみ》を撫《な》で回してくる。子どもに対する仕草のようだが触れられるのは心地よくて、こくんとうなずいた。

信じられる。ジークがそう言うのなら、絶対にここから出してくれるだろう。どれほど足手《あしで》纏《まと》いでも見捨てたりしないと、瑛留を見据《みす》える青い目が語っている。

安心した途端《とたん》、キスで火照《ほて》っていた身体に寒さが戻《もど》ってきた。

「……寒いのか？」

瑛留は無言でかすかに肩《かた》を震わせただけなのに、鋭《するど》く感づかれてしまった。

泥《どろ》でぐちゃぐちゃになっているとはいえ、服を着込んでいる瑛留より裸体《らたい》のジークのほうが寒いはずだ。寒いなどと、泣き言を言ってはいけない。

「おれは平気」

首を横に振《ふ》って否定したけれど、ジークは険しい表情で洞の中を見回した。

少し離れたところに寝《ね》かせている松明を横目で見遣《みや》って、「それはダメだな」と零《こぼ》した。

「この火は、もうすぐ樹脂《じゅし》が燃え尽《つ》きて消える。エールが暖を取るには……こちらのほうがいいか」

どうするのだと問う間もなく、目の前のジークが深呼吸をした。次の瞬間、手品のように白銀の毛皮を纏《まと》う獣に姿を変える。

青い瞳の美しいオオカミは、手を伸ばせば触れることのできる微妙《びみょう》な距離《きょり》を置いて、こちらをじっと見ていた。

瑛留が怯《おび》えていないか、拒《こば》まないかと、息を詰《つ》めて窺《うかが》っているようだ。緊張《きんちょう》と、気遣《きづか》いが伝わってくる。

「……ジーク」

手を伸ばして名前を呼んだ瑛留に、おずおずと近づいてきた。差し出した手のひらに頭を擦《す》り寄せてきて、肌《はだ》を撫でる毛の感触《かんしょく》に唇を綻《ほころ》ばせる。

全身を包む白銀の体毛は、見るからにふかふかとしていそうだが、防寒を目的としたものらしく少し硬《かた》い。

「他《ほか》のところ、触《さわ》ってもいい？」

頭に手を置いて尋《たず》ねると、鼻を上げて喉《のど》をさらけ出してきた。

生物としての弱点を躊躇うことなく差し出されて、寄せられる信頼《しんらい》に胸の奥が熱くなる。

「やっぱり、このあたりの毛は柔《やわ》らかい。……あったかい」

背の部分は剛毛《ごうもう》でも、喉や胸元《むなもと》あたりの毛は柔らかくて極上《ごくじょう》の手触《てざわ》りだった。

ニューファンドランドシロオオカミは、七十キロはある大型種のはずだ。瑛留と変わらない大きさの獣《けもの》に両腕《りょううで》で抱《だ》きつくと、ぬくもりが伝わってくる。

心細くて寒くて、どうにもならない絶望に蹲《うずくま》るだけだった。松明を銜えた白銀のオオカミは、神々《こうごう》しく輝《かがや》いて見えた。

雨の中、夜の山奥にまで捜《さが》しに来てくれたジークに、きちんとお礼を言っていなかった気がする。

「ありがとう、ジーク」

身体に抱きついたままぽつりとつぶやいた瑛留の頰《ほお》を、大きな舌がぺろりと舐めた。巨大《きょだい》な牙《きば》が目前に迫《せま》ったけれど、針の先ほども恐怖《きょうふ》を感じない自分が不思議だった。精悍《せいかん》なオオカミの顔を見ていると、徐々《じょじょ》に視界が暗くなってくる。

そういえば、ジークがもうすぐ消えると言っていた。

瑛留が松明に目を向けたところで小さくなった炎《ほのお》が不安定に揺《ゆ》れ、ジジッとかすかな音を残して消えた。

途端に、自分の手も見えない暗闇《くらやみ》が戻ってくる。

一度灯《あか》りを目にしただけに、一筋の光もない真の暗闇は瑛留の身体を強張《こわば》らせる。這い上がろうと藻掻《もが》いていた時の不安と恐怖が、呼び覚まされそうになった。

息を詰めて硬直《こうちょく》していると、手の甲《こう》をぺろりと舐められた。

「ぁ……ジーク」

手首の内側、肘《ひじ》のあたり、首筋……と場所を変えて舐《な》め回されて、くすぐったさとぬくもりに強張った身体《からだ》から力が抜《ぬ》ける。

手を伸ばすと、温かな毛の感触が伝わってきた。見えなくても、瑛留に寄り添《そ》う白銀のオオカミを思い浮かべることができる。

違《ちが》う。同じ暗闇ではない。今の瑛留は独りぼっちではないのだから、怖《こわ》いものなど一つもない。

湿《しめ》った地面に座り込み、大きな獣に抱きついて身体をもたせ掛《か》ける。

周りが暗くても、目を閉じれば同じだ。ジークの温かさを、全身で感じるだけになる。

「あの夜も、ずっと傍《そば》にいてくれた」

恐慌《きょうこう》状態の瑛留に、一晩中寄り添ってくれていたぬくもりを思い出す。

いつも、ジークが助けてくれる。

初めはわけもわからず怖くて、避《さ》けようとするばかりだった。

ジークが傍にいてくれることでこんなふうに安心感に包まれる日が来るなど、考えたこともなかった。

きっと今は、傍にいるのが大好きな兄だとしても、これほど安穏《あんのん》とした心情にはなれない。

ジークだから……。

温かな懐《ふところ》に抱き込まれて、力を抜く。

瑛留の肩に顎《あご》を乗せたジークからは、身体を預ける瑛留を全身で護《まも》ろうとする意志が伝わってきた。

ここにいれば、大丈夫《だいじょうぶ》だ。

胸に満ちる温かい感情の名前はわからないけれど、ジークのぬくもりに包まれて過ごす夜は、このまま朝が来なくてもいいと思うほど至福の時間だった。

《八》

「……いる。瑛留っ！」

「ひゃっ！　あ……兄ちゃん」

名前を呼びながら肩を叩《たた》かれて、ビクッと大きく身体を震《ふる》わせた。振り向いた瑛留の目に、兄とその隣《となり》に並ぶフレイの姿が映る。

「何回も呼んだぞ。ぼんやりして、どうした？」

「え……っと、電池切れで休憩中《きゅうけい》。薪割《まきわ》りって、重労働だよね」

瑛留は惚《ほう》けていた言い訳を口にしながら、両手で握《にぎ》った斧《おの》の柄《え》を見下ろした。ぼんやりしていたのは別の理由だが、薪割り作業に疲労《ひろう》しているのも嘘《うそ》ではない。

「なにかあった？」

兄は知的好奇心《こうきしん》が旺盛《おうせい》らしいフレイと、世界各地の文化や気候風土、その土地固有の動植物について話し込んでいたはずだ。

なんだろう？　と首を傾《かし》げた瑛留に、フレイが微笑を浮かべて口を開く。

「ジークが傍にいない時を、見計らっていたんです。こっそりエールに会わせてほしいと、頼《たの》まれました。ほら……」

促《うなが》したフレイの背後から、淡《あわ》い金色の髪がチラリと見えた。おずおずと顔を覗《のぞ》かせた少年は、瑛留と目が合った瞬間《しゅんかん》、思い切ったように飛び出してくる。

「バルドル」

「ごめんなさい！」

瑛留が名前を呼ぶのを遮《さえぎ》るように大声で言うと、くるりと踵《きびす》を返して猛《もう》スピードで走り去っていった。

「えー……？」

バルドルの背中を見送る瑛留は、呆気《あっけ》に取られた顔をしているに違いない。兄が、「ははは っ」と笑いながら瑛留の肩を叩く。

「周りをちょろちょろしているから、なんだと取っ捕《つか》まえたら……瑛留に謝りたい、だと。こ こしばらく常にジークが傍にいたから、怖くて近づけなかったらしい」

「エールを山に置き去りにしたと知った時、恐《おそ》ろしい形相で叱《しか》られていましたからね。ジーク が、あれほど感情を剝《む》き出しにするのは珍《めずら》しい。エールに接近禁止だと言い渡《わた》されていたので、今の謝罪で精いっぱいだったのでしょう」

獣姿のジークと集落に戻《もど》った時、兄やフレイに加え、他の住人たちにまで出迎《でむか》えられた。姿の見えない瑛留を心配して皆《みな》で捜してくれたのだと知り、忌避《きひ》されていたわけではなかったのかと胸が熱くなった。

ただ、そこにバルドルの姿は見えなかった。

罰《ばつ》として、尾根《おね》を越《こ》えたところにある、このあたりで一番清涼《せいりょう》な湧水《わきみず》を汲《く》みに行くよう命じられていたと聞いた。

半日かけてバルドルが汲んできた水は美味《おい》しかったし、それ以上の処罰《しょばつ》は望まないとジークに懇願《こんがん》したので一件落着したのだと思っていたけれど、バルドル自身は気に病《や》んでいたのかもしれない。

「いい子だなぁ」

思わずつぶやいた瑛留に、フレイは「エールにそう言っていただけるとは」と表情を曇《くも》らせる。

「真っ直《す》ぐな性格で、行動力があるんだろうな。ちょっと暴走気味みたいだけど……」

「瑛留も猪突猛進《ちょとつもうしん》なところがあるから、気は合いそうだ。案外、いい友達になれるんじゃないか？」

兄は日本語で話しかけてきたのに、フレイがため息をついてボソッと口にした。

「……ジークが許しません」

「あれっ、フレイって日本語もできた？」

自然と会話に加わったので、聞き流しそうになった。瑛留が驚《おどろ》いて尋《たず》ねると、嬉《うれ》しそうに微笑《ほほえ》んで答える。

「トールに、少しだけ習いました。トールはいろんな場所に行っていて、たくさん知識があって、尊敬します」

短時間習っただけで、普通《ふつう》のスピードで交《か》わしていた外国語での会話を聞き取れたのはすごいと思う。

威圧感《いあつかん》のない雰囲気《ふんいき》を持ち、温和な口調で語る。学ぶことを楽しんでどんどん知識を吸収するフレイは、トップであるジークをサポートする副リーダーとして適任だろう。

リーダーのジークには、なにも言わず立っているだけでも卓抜《たくばつ》した存在感と威厳《いげん》がある。優《すぐ》れた身体能力と際立《きわだ》った体格で牽引《けんいん》し、率先《そっせん》して大型の鹿《しか》等を狩《か》りに出向く行動派のジークとのバランスは、よさそうだ。

「そういえば、ジークはどうした？　朝に顔を合わせたきりだな。瑛留の近くにいないなんて、珍しい」

兄の台詞《せりふ》は、そのまま瑛留の疑問でもある。

朝食の時はいつものように瑛留の傍にいたのだが、いつの間にか姿が見えなくなっていた。

バルドルに大木の洞《うろ》へ落とされた日以来、片時も目を離《はな》さないとばかりに瑛留の傍《かたわ》らにはジークがいた。それが当然のようになり、常に一緒《いっしょ》に薬草を採取しに出かけたり木の実狩《が》りに行ったりしていたので、突如《とつじょ》一人にされると手持ち無沙汰《ぶさた》になってしまった。

一人でもできることはないかと仕事を探した結果、あまり役に立たないかもしれないが薪割りをさせてもらっていたのだ。

兄と瑛留の疑問には、フレイが答えをくれる。

「少し離れたところにある、別の集落へ出かけています。本当はエールも伴《ともな》いたかったのだと思いますが、まだ正式なツガイではないので誘《さそ》えなかったのでしょう。その……まだ、ですよね？」

立ち入ったことを聞いて申し訳ないと言わんばかりに、遠慮《えんりょ》がちに最後の一言を付け加えられて、瑛留は焦《あせ》って頭を左右に振《ふ》った。

「なに、まだって……そのうちどうにかなるみたいな、言い方して」

誤魔化《ごまか》し笑いを浮《う》かべたけれど、フレイは釣《つ》られて笑うでもなく柔《やわ》らかな表情で瑛留を見詰《みつ》めていた。

ツガイ云々《うんぬん》というやり取りを兄はどう思っているのか、そろりと横目で様子を窺《うかが》う。

ジークに口説かれているのかと直接問われてはいないし、瑛留も兄に相談していない。ただ、兄は、瑛留がジークに白い花を贈《おく》られたことを知っている。

それが求愛の意味だとまでは知らないはずだが、姿の見えなくなった瑛留を必死に捜《さが》しに出た際の様子で、ただ単に仲がいいわけではない……特別な想《おも》いを寄せられていることは悟《さと》ったはずだ。

この場面で口を挟《はさ》むつもりはないらしく、なにを思っているのか読めない無表情で腕《うで》を組んで、瑛留とフレイの会話を傍観《ぼうかん》していた。

奇妙《きみょう》な沈黙《ちんもく》の重苦しさに耐《た》えられなくなり、瑛留は笑顔《えがお》を取り繕《つくろ》うことをやめてぽつりとつぶやく。

「ジークには申し訳ないけど、この先もツガイになる予定はない。だっておれは、ジークに相応《ふさわ》しくないと思う。バルドルみたいに直接ぶつけてこなくても、郷《さと》の人たちも……フレイだって、そう思っているんじゃないか？」

フレイは、リーダーとしてのジークを一番近いところで見ている人物だ。

同類だとしても仲間ではない瑛留が、ジークにとってプラスになる存在ではないと、本当は彼が誰《だれ》よりもわかっているのではないか？

瑛留を排除《はいじょ》しようとしたバルドルのように、ジークの決めたことに反発する人はこれまでいなかったはずだ。

瑛留が立ち入ったことで、彼らのこれまでの結束を乱している。フレイは微塵《みじん》も態度には表さないけれど、それを憂《うれ》いているのではないだろうか。

瑛留の主張に、フレイは普段《ふだん》と変わらない落ち着いた声で返してきた。

「相応しいかどうか、判断するのはジークです」

「リーダーとして自分を信用している人たちの反対を押し切ってまで、おれである必要はないだろっ」

自然と声が大きくなってしまい、右手で口元を覆《おお》う。

フレイは冷静なのに、一人で興奮してしまったことが恥《は》ずかしい。平静を取り戻そうと、深呼吸をする。

ようやく興奮が静まったところで、それまで無言だった兄が口を開いた。

「ふーん……問題はそこなのか。瑛留自身は、ジークを拒《こば》んでいるわけではないんだな。むしろ、逆か。ジークを特別に想っているからこそ、応《こた》えるのに躊躇《ためら》っているってところか」

ドクンと心臓が一際大きく脈打つ。そうではないと反論したいのに、即座《そくざ》に言い返すことができなかった。

冷静で的確な分析《ぶんせき》だ。瑛留自身もそこまで自覚していなかったことなのに、容赦《ようしゃ》なく図星を指されてしまった。

ジークとまったく同じ想いかどうかはわからないが、特別で大切だ。だから、彼が選ぶのは自分ではダメなのだと思う。

「外国の人間……人間じゃなくてオオカミでも、種族が違《ちが》う。後継《あとつ》ぎもできない。……ずっと、ここにいるわけじゃない。これ以上深入りしないほうが、お互《たが》いの為《ため》だ」

どう言えばいいのか、自分の心を整理しながらぽつぽつと口にする。

真っ直ぐに想いを伝えてくるジークの青い瞳《ひとみ》を思い浮かべると、胸の奥が締《し》めつけられたように苦しくなった。

二人ともが互いの匂《にお》いを快いものだと感じて、ジークは本能で惹《ひ》かれ合っているのだと熱っぽく語った。

本当に、そうなのだろうか？

本能でも、間違えることがあるのでは。ジークのツガイとなるべき相応しい相手は、瑛留以外に存在していて、まだ出逢《であ》えていないだけという可能性もある。

ジークは頭で考えるなと言ったけれど、無理だ。考えずにはいられない。

口を噤《つぐ》み、握《にぎ》り締《し》めた斧《おの》の柄《え》を見下ろしていると、兄が瑛留の背中を軽く叩《たた》いた。

「だから、それを判断するのはジークだろう。一方的に瑛留が決めつけることはできない。……僕の立場から言わせてもらえるなら、うーん……なんとも複雑だな。瑛留の意思を尊重したい、とは思っているよ」

「おれは……」

ズルいのだと思う。兄が強く反対してくれたら、やっぱりダメなのだとジークを拒むことの言い訳になっていた。

でもこうして、反対も賛成もせず瑛留自身に判断を委《ゆだ》ねられると、誰かのせいにして逃《に》げることができない。

フレイは無言のままだけれど、兄の言い分が正しいと思っているに違いない。

うつむいて黙《だま》り込んでいた瑛留だが、強く吹《ふ》き抜《ぬ》けた風にふと顔を上げる。

「どうした？　瑛留？」

兄とフレイは気づかないのかもしれないが、瑛留にだけはわかった。唯一《ゆいいつ》の特別な匂いが、教えてくれる。

姿が見えなくても、声をかけられなくても……。

瑛留が顔を上げてから数十秒後、近づいてくる足音が聞こえて三人同時に振り向いた。

「ここか、エール。……トールとフレイも一緒か」

建物の陰《かげ》から姿を現したジークは、見えなかったはずなのに的確に瑛留の居場所を探《さぐ》り当てたらしい。

「ジーク、お帰りなさい」

「瑛留は僕たちが見守っていたので、ご安心を」

笑顔で声をかけたフレイと兄に、ジークは少しだけ眉《まゆ》を顰《ひそ》めて言い返す。

「……トールの笑顔は、たまにフレイと同じくらい裏を感じるな。まあいい。エール、土産《みやげ》だ。この実を気に入っていただろう。あと、こちらは、虫よけになる草だ。エールの肌《はだ》は柔らかいから、虫に刺《さ》されると痛々しい」

桃《もも》に似た甘酸《あまず》っぱい木の実は、確かに瑛留のお気に入りだ。それに、ハーブのような爽《さわ》やかな香《かお》りの葉。

「あ、ありがとう」

植物の蔓《つる》を編んで作られた袋《ふくろ》から取り出したものを次々と差し出されて、戸惑《とまど》いながら両手で受け取った。

その様子を傍《そば》で見ていた兄が、くくっと肩《かた》を震《ふる》わせる。

「っく……失礼。外見は完全無欠な美丈夫《びじょうふ》なのに、求愛は実にオオカミらしいな……と」

ジークに睨《にら》まれても、どこ吹く風で笑っている。凄《すご》んでも無駄《むだ》だと悟ったのか、ジークは「どうとでも言え」と諦《あきら》めたように顔を背《そむ》けた。

兄の、この肝《きも》の据《す》わり具合は、計算して煙《けむ》に巻こうとしているのではなく、ただの天然ボケというものだと瑛留は知っている。

「ジーク、あちらの様子はどうでした？　変わりなく過ごしていましたか？」

フレイは、彼らの言語ではなく瑛留たちにも理解できるドイツ語でジークに尋《たず》ねる。

瑛留と兄にわからない言葉だと、聞かせられない内緒話《ないしょばなし》をしていると不安にさせるのでは……と、気を遣《つか》っているのかもしれない。

「変わりは一つだ。ロキが死んだ。山羊《やぎ》を追っていて、谷底に落ちたらしい。明日にでも花を手向《たむ》けに行く」

「……そうですか。他《ほか》には？」

「エールとトールのことを知っていた。フレイが案内して山歩きをしている姿を、見かけた者がいるらしい。敵意はなく、厄《やく》をもたらす存在ではない。こちらで監視《かんし》していると、安心させておいた」

淡々《たんたん》としたジークの説明に、フレイは大きくうなずいた。

傍で聞いていた瑛留は、兄と無言で顔を見合わせる。

ジークたちの仲間なら、きっと獣《けもの》に姿を変えることができる種族だ。外部との接触《せっしょく》は歓迎《かんげい》しないだろうと、想像がつく。

でも、ジークのその説明では、瑛留と兄を追い払《はら》うのではなく受け入れていると解釈《かいしゃく》されたのでは。

一目で外国の人間だとわかったはずの自分たちが原因で、ジークやフレイが責められたりしないのだろうか。

「フレイ、僕たちと一緒《いっしょ》にいるところを見られたのは、よくないんじゃないか？」

瑛留と同じことを懸念《けねん》したらしい兄が、フレイに尋ねる。

ジークと軽く視線を交《か》わしたフレイは、普段通りの微笑《びしょう》を滲《にじ》ませて首を横に振《ふ》った。

「大丈夫《だいじょうぶ》です。彼らは、私とジークがかつて外国へ学びに出ていたことを知っています。問題なくやり過ごすと、信用してくれるはずです」

本当に、そんなふうに軽く言ってしまえることなのか……微笑の裏でフレイがなにを考えているのか、瑛留には読めない。

「ああ、そういえばそうか。留学していた時の知人だとか、適当な言い訳はできるのか」

兄は納得《なっとく》したようだけれど、瑛留は、自分たちがここにいるのはよくないのではないかという思いを強くする。

けれど、ジークは未《いま》だに瑛留と兄をこの地から出してくれそうにない。

そろそろ日本に帰らなければならないとわかっているはずなのに、瑛留に『これから』の話題を出すことのない兄は、どうするつもりなのか……。

ジークの真意も、フレイの本心も、十八年も家族でいる兄の心積もりさえ謎《なぞ》だ。

すぐ傍にいるのに、瑛留には誰《だれ》の思いも捉《とら》えられなかった。

□　□　□

朝食を終えてすぐ、ジークに誘《さそ》われて山へ入った。瑛留には道などないように見えるのに、迷うことなく歩いてどこかへ向かう。

休憩《きゅうけい》を挟《はさ》んで、二時間近く歩いただろうか。ようやく足を止めたジークが、「ここだ」と瑛留の手を引いた。

山の中に、突如《とつじょ》開けた空間が広がっている。テニスコートより、少し広いくらいの面積だろうか。

その土地の端《はし》、こんもりとした土の山に向かったジークがボソッと口にする。

「久し振《ぶ》りだな、ロキ」

ロキという名前は、昨日のフレイとの会話に出ていたものだ。山羊を追っていて、谷底に落ちた……と。

唇《くちびる》を引き結んで見下ろしたその部分の土は、色が濃《こ》くて草が生えていない。つい最近、埋葬《まいそう》されたばかりだとわかる。

ジークからの説明はなくても、木を倒《たお》し、丁寧《ていねい》に草を刈《か》って整備してあるここが墓所なのだと見て取れた。

「おまえらしくない失態だな」

嘆《なげ》くでも、悲しむでもない。死を悼《いた》むものとしては、厳しいとも思える言葉だ。

こっそりと窺《うかが》ったジークの横顔に、表情はなかった。なにを思ってロキの名前を呼び、「らしくない」と続けたのか瑛留には読めない。

でも、身体《からだ》の脇《わき》で固く握《にぎ》られた手が、悲痛なジークの心を映しているようだった。哀惜《あいせき》を自らの内に秘《ひ》めて他者に悟《さと》らせないのは、リーダーとしての矜持《きょうじ》なのだろうと思えば、瑛留の胸がズキズキと痛む。

言葉はなく心の中で追悼《ついとう》しているように見えるジークに話しかけられずにいると、瑛留を置いてどこかに行ってしまう。

追いかけていいものか迷っているうちに、茂《しげ》みに入ったジークが戻《もど》ってきた。

「エール、これを手向けてやってくれ」

「うん」

ジークに手渡《てわた》されたのは、菊《きく》に似た小さな黄色い花だ。小山の前に供えると、日本式でもいいのかな……と思いつつ瞼《まぶた》を閉じて、両手を合わせた。

目を閉じていても、ジークの視線を感じる。知らない人に手を合わせられて、不思議がっているだろうなと思いながら、逢《あ》ったこともない『ロキ』に「ゆっくりお休みください」と心の中で伝えた。

瑛留は顔の前で合わせていた手を下ろし、目を開いてジークに尋ねる。

「どうして、おれをここに？　大切な場所だよね」

ジークたちが、どんな死生観を持っているのかはわからない。日本に住んでいる人でも、宗教や風習によって『死』の捉え方は異なるのだ。

それでも、静謐《せいひつ》な空気の漂《ただよ》うここが、大切な場所であることは間違《まちが》いない。

「大切な場所だからだ。属するグループは分かたれたが、ロキは共に育った俺の幼馴染《おさななじ》みだ。エールを紹介《しょうかい》したかった」

「一緒に育った？　別の場所に住んでいたのに？」

一ヵ月以上に亘《わた》って、生活を共にしているのだ。ジークたちの日課や習慣はだいたい把握《はあく》したけれど、他の集落とのつながりがどの程度あるのか等は知らない。

このあたりの山岳《さんがく》地帯に、ジークたちのような半人半獣《はんじんじゅう》の種族がどれくらい存在するのかも不明だ。

「ロキは、先代のリーダーについて群れを離《はな》れた。代替《だいが》わりの際、新たなリーダーの下《もと》に残るか先代に忠誠を誓《ちか》って行動を共にするのかは、各自の判断に任されている。ロキは先代を慕《した》っていたし、俺と共にいては反発するだけだと思ったのだろう。未知の世界を面白《おもしろ》がって知ろうとする俺に、そんなものは必要ないと苛立《いらだ》ってばかりだった。変わることを是《ぜ》とせず、外へ学びに出ることも拒《こば》んだ」

「代替わりの際、分断する？　だから、平均年齢《ねんれい》が若かったのか」

ジークとフレイに案内されて、初めて集落を訪《おとず》れた際の第一印象を思い出す。年老いた住民がいないな……と思ったのだが、その理由を悟った。

純粋《じゅんすい》な獣のオオカミとは異なる生態だと思うけれど、自然の中で生きていくにはより強靭《きょうじん》なリーダーが必要となるのだろう。

「国は開かれた。俺たちも、変わることが必要だ。そう思っていたが……時に、それが本当に皆《みな》のためになるのかと迷う」

ロキの墓所をジッと見詰《みつ》める青い瞳《ひとみ》には、迷いと憂《うれ》いが漂っている。

瑛留は、これまで強いジークしか知らなかった。当然、フレイたち率いる皆にも見せることのない揺《ゆ》らぎだと思えば、胸がグッと苦しくなる。

自分より遥《はる》かに強いはずのジークが、頼《たよ》りない子どものように見えるなんて……どうかしている。

そう思うのに、自然と身体が動いた。

「ッ、エール？」

立ち尽《つ》くすジークの左腕《ひだりうで》に、両手でしがみつく。驚《おどろ》いた表情でこちらを見下ろすジークと視線を絡《から》ませて、口を開いた。

「ジークは、強い。オオカミとしても、心も強い。フレイはもちろん、他《ほか》の皆も……ジークが決めることなら、信じて受け入れるよ。どんな選択《せんたく》でも、間違っていない。……ごめん。うまく言えない」

もっと巧《たく》みな言い方があるはずなのに、ドイツ語の語彙《ごい》が豊富ではない瑛留は思うように伝えられない。

強くジークの腕を両腕に抱《だ》き込んで、言葉にできないもどかしさをぶつける。

ジークは無言だ。一ヵ月そこそこの自分しか知らないくせに、なにを言うのだと気に障《さわ》ったのかもしれない。

「ごめ……」

もう一度謝って手を離そうとした瞬間《しゅんかん》、ジークの両腕の中に強く抱き締《し》められた。

甘く、爽《さわ》やかな……花の芳香《ほうこう》に似た快い香《かお》りが、強くなる。頬《ほお》に触《ふ》れる衣服の硬い生地《きじ》越しに、心臓の鼓動《こどう》を感じた。

「エール」

たった一言、低く名前を呼ばれただけなのに、トクトクと鼓動が速度を上げた。

抱き込まれた腕の中から、動けない。動きを封《ふう》じるほど強く抱かれているわけではないのに、瑛留が離れたくないのだ。

無言で抱き締められているだけなのに、どんな言葉で求愛されるよりも強く、ジークの想《おも》いが流れ込んできた。

そうして、どれくらいの時間動けずにいただろうか。

「風の匂《にお》いが、湿気《しっけ》を含《ふく》んでいる。雨になるか……」

大きく息をついたジークが、瑛留を抱き締めていた腕の力を抜《ぬ》いた。一歩離れた瞬間、反射的に手を伸《の》ばしてジークの袖口《そでぐち》を掴《つか》んでしまい、慌《あわ》てて手を離す。

ジークと目を合わせられなくて、どぎまぎと背中を向けた瑛留は空を仰《あお》ぐ。

「急いで帰った方がいい？」

「ああ。雨が降ると、足元が滑《すべ》って危険だ」

うなずいた瑛留は、ジークの言葉が終わらないうちに先に立って歩き出した。

頬が……頬だけでなく、顔全体が熱い。きっと、真っ赤になっている。

その理由を問われても、答えられそうにないから……頬の紅潮を誤魔化《ごまか》すことができるように、早足で歩いた。


間もなく集落に到着《とうちゃく》する、というところまで来た。

遅《おく》れがちになりながらも、どうにか足を運ぶ瑛留をチラリと振《ふ》り向き、ジークが話しかけてくる。

「急ぎ足で歩いたから、疲《つか》れただろう」

「大丈夫《だいじょうぶ》。ここで毎日のように山歩きをしていたから、そこそこ鍛《きた》えられた」

強がりではなく、運動不足を痛感していた初期に比べると、かなり山歩きに慣れたと思う。

雨が降り始める前に戻れてよかったと、ホッとした……直後、突然《とつぜん》目の前に誰《だれ》かが飛び出してきて、ジークの全身に緊張《きんちょう》が走る。

「あ……！」

瑛留を庇《かば》おうとしてか、視界が大きな背中で塞《ふさ》がれた。

人の声？

なにが飛び出してきたのかと、恐《おそ》る恐る覗《のぞ》けば……。

「……、……ッ！」

ジークに縋《すが》りつくようにして早口で訴《うった》えているのは、若い女性だ。朝食の際、いつも瑛留にパンを手渡してくれるので、ほとんど話したことはないけれど馴染《なじ》みはある。

強張《こわば》った顔で懸命《けんめい》に語る彼女の様子からは、非常事態が起きているのだと予想できた。緊迫《きんぱく》したやり取りに、瑛留の肩《かた》にも力が入る。

女性が今にも泣きそうな顔で言葉を切ると、うなずいたジークが険しい表情で駆《か》け出した。

驚いた瑛留は、慌ててジークを追いかける。

ジークが向かった井戸《いど》の脇には、人だかりができている。背伸びをすると、その中心にしゃがみ込む兄とフレイらしき姿が見えた。

兄かフレイに、なにかあったのかもしれない。

不安が込み上げてきたが、ジークのように輪の中に割って入っていいものか躊躇《ちゅうちょ》する。おろおろする瑛留に気づいたらしい兄が、立ち上がって手を振ってきた。

「瑛留！」

「兄ちゃん！　なんかあった？」

名前を呼ばれた瞬間、躊躇《ためら》いと遠慮《えんりょ》が一気に吹《ふ》き飛んだ。

頬を強張らせた瑛留は、「ごめんなさい」と小声で繰《く》り返しながら、取り囲む人たちのあいだを縫《ぬ》って輪の中心に向かう。

「……バルドル？」

人だかりの中心、地面に敷《し》かれたゴザに横たわっている少年には、見覚えがあった。

怪訝《けげん》な声で名前を呼んだ瑛留は、尋常《じんじょう》ではない空気を察して兄に視線で問う。バルドルは身《み》動《じろ》ぎもせず、血の気の引いた顔で荒《あら》い呼吸を繰り返していた。

「蛇《へび》の咬傷《こうしょう》だ。フレイが言うには、クサリヘビの一種だろうと」

兄が指差した先に目を凝《こ》らす。バルドルの足首には、確かに蛇の咬《か》み傷らしき牙《きば》の跡《あと》と斑点《はんてん》状の出血が見て取れた。

「毒蛇？」

「だろうな。ジーク、フレイ……君たちなら、今の彼がどんな状態なのかわかるだろう」

兄の問いに、フレイは眉《まゆ》を顰《ひそ》めて唇《くちびる》を嚙《か》む。ジークは……無表情で、バルドルの現状を口にした。

「猛毒《もうどく》の蛇だ。身体《からだ》が小さくて体力のない女や子どもが咬まれれば、半分は死に至る」

「それじゃ、ぼうっと見ている場合じゃないだろう。時間との勝負だ」

表情を引き締めた兄が、しゃがみ込んでバルドルに手を伸ばす。手早く靴紐《くつひも》を解くと、傷の少し上にグルグルと巻きつけた。

「毒を少しでも取り除いた方がいいんだが……吸い出すのは危険だな。可能な限り、絞《しぼ》り出そう。綺麗《きれい》な水で洗い流してくれ。……フレイ？」

フレイは、立ち尽くしたまま動こうとしない。兄の声が聞こえていないはずはないのに、ただジッとバルドルを見下ろしている。

焦《じ》れたように「瑛留」と呼ばれて、ハッとした瑛留は急いで手動のポンプを押して井戸の水を汲《く》み上げた。

兄が傷口の周囲を圧迫《あっぱく》して、滲《にじ》み出た血を瑛留が洗い流す。血と一緒《いっしょ》に、少しでも毒が排出《はいしゅつ》されればいい。

応急処置をする兄と瑛留を、誰もなにも言わずに見ている。真っ先に兄の手助けをしそうなフレイまで動かないのは、奇妙《きみょう》だ。

「ジーク、どうしてただ見ているだけなんです？　僕なんかより遥かに、どう処置すればいいのか知っているはずだ」

「祖先からの定めだ。我々《われわれ》は、天命に身を任せる。毒に負けて力尽きるのなら、それまでの運命だったということだ」

兄に答えたジークの声は、感情が窺《うかが》えない冷淡《れいたん》な響《ひび》きだ。

あまりにも酷薄《こくはく》な台詞《せりふ》に、目を瞠《みは》る。続いて瑛留の身体の奥底から込み上げてきたのは、どうして？　という憤《いきどお》りだった。

見捨てるのかと、腹立たしさをぶつけようとしたと同時に、目の前のバルドルが獣《けもの》へと姿を変えた。

触れていたバルドルの足からパッと手を離《はな》した兄が、フレイを見上げて問い質《ただ》す。

「これは……フレイ？　なにが起きている？」

「人の姿を保つだけの力が、もうないのです」

ぽつりと答えたフレイの顔色は、青白い。その顔を見るだけで、差し迫《せま》った状態なのだと推測できた。

「そんな……どうにかできない？　ほら、解毒剤《げどくざい》とか」

瑛留のつぶやきを、兄が珍《めずら》しく焦《あせ》りを滲ませた声で引き継《つ》ぐ。

「血清があれば……って、ここにはないよな。救急車やドクターヘリなんかも来てくれないだろうし、そもそもスマホが圏外《けんがい》で役に立たない。この際、おばあちゃんの知恵《ちえ》的な民間療法《りょうほう》でもいいから、なにかないかっ？」

基本的に能天気で、なにがあっても飄々《ひょうひょう》としている兄が、こんなふうに焦りを露《あら》わにする姿は初めて見た。

それだけ容態が厳しいのだと、瑛留の焦燥感《しょうそうかん》も増す。

「血清？　とは、なんですか？　もしそれがあるなら、猛毒の蛇に咬まれても命が救われるのですか？」

黙《だま》りこくっていたフレイがようやく口を開いたかと思えば、反応したのは兄が零《こぼ》した『血清』の部分だった。

兄は、フレイを睨《にら》みつけるようにして疑問に答える。

「必ず救命できるわけじゃない。ただし、ぼんやりと見ていることに比べたら回復する可能性は格段に上がる。くそっ、今、そんなことを説明している余裕《よゆう》はないんだっ」

ジークより一回り小さな体格のオオカミを見詰《みつ》めていた瑛留は、ふと頭に浮《う》かんだものを口にした。

「薬……ジーク、あれはっ？　あの白い花の根は、万能薬《ばんのう》になるって言ってたよね。採ってきて、どうにかできない？」

特別だと説明してくれた白い花と茎《くき》の部分は、瑛留がもらった。けれど、根は未《いま》だにあの場所に残っているはずだ。

藁《わら》にもすがる思いで記憶《きおく》を探《さぐ》って提案した瑛留とは違《ちが》い、ジークはやはり表情を変えることなく返してきた。

「……蛇の毒に効くかどうかは、わからん。試《ため》したことはない」

瑛留とジークの会話を聞いていた兄が、強い口調でジークへと思いをぶつける。

「それなら、試してみるべきだ。助けられる可能性があるなら、最善を尽《つ》くさない理由はない。少なくとも僕は、獣医師《じゅういし》として……人としての使命だと思っている。天命なんか知るものか。

医療行為《こうい》を、天への反逆だなどとは言わせない」

獣医師の資格を持つ、兄らしい言い分だ。

簡単な応急処置しかできず、弱っていくのを見守るしかない今の状況《じょうきょう》は、なによりもどかしいのだろう。

……決めた。

コクンと喉《のど》を鳴らした瑛留は、ジークを睨むようにして決意を口にした。

「もういい。ジークたちと言い合ってる時間が、もったいない。祖先からの定めを破れないとかでジークがダメだったら、おれが採ってくる。白い花が咲《さ》いていた場所は、だいたい憶《おぼ》えてるし……」

あの断崖絶壁《だんがいぜっぺき》を下りて、登り返す自信はない。花という目印もないのだから、土に埋《う》まっている根を掘《ほ》り当てられるかどうかもわからなかった。

それでも、なにかせずにいられないのは瑛留も同じだ。

ジークが、リーダーという立場的にも祖先からの定めとやらに逆らえないのなら、無関係な瑛留だったら問題ないだろう。

そう宣言して駆《か》け出そうとした瑛留の腕《うで》を、ジークが摑《つか》む。

「ジーク、放せよっ。早くしないと！」

食い込む指の痛みに顔を歪《ゆが》めて、引き留めるなと睨みつけた。

ぽつりと大粒《おおつぶ》の雨雫《あましずく》が頰《ほお》に当たり、顎《あご》まで伝い落ちる。瑛留を見詰めるジークの目には、涙《なみだ》のように見えたかもしれない。

そのまま、数十秒。

目を逸《そ》らそうとしない瑛留と険しい表情で視線を絡《から》ませていたジークは、横たわるバルドルをチラリと見遣《みや》って低くつぶやく。

「俺が行く。おまえには無理だ」

「……ジーク」

名前を零した瑛留に、負けたとでも言いたそうに苦笑《くしょう》して見せて、魔法《まほう》のようにオオカミへと姿を変える。

長い尻尾《しっぽ》を揺《ゆ》らして踵《きびす》を返したかと思えば、白銀の風が吹き抜《ぬ》けたのかと錯覚《さっかく》する速さで、あっという間に見えなくなった。

フレイも、周囲を取り囲んでいた人たちも、一言も発することなくジークを見送った。

「瑛留」

瑛留は、ジークの姿が見えなくなっても立ち尽くしたまま森のほうを見ていたけれど、兄の声で名前を呼ばれて我に返った。

「雨が当たらないところへ移動しよう。瑛留は、そっちを持ってくれるか」

「あっ、うん。わかった」

しゃがみ込んだ兄が、バルドルが横たわっているゴザの端《はし》を手にする。反対側を摑んで持ち上げようとした瑛留の隣《となり》に、誰《だれ》かが屈《かが》み込んで手を伸《の》ばしてきた。

「私にも、一緒に持たせてください。すぐそこに見えるのが私の住処ですので、中に運びましょう」

「フレイ……。うん。お願い」

フレイの横顔に大きくうなずいたけれど、彼は瑛留と目を合わせようとせずバルドルを見ている。

引き結ばれた唇《くちびる》と震《ふる》える睫毛《まつげ》からは、危機的な状況のバルドルを天命に任せることに納得《なっとく》してなどいなかったのだと伝わってきた。

《九》

両手に薄《うす》いパンを積み上げた木のトレイを持った瑛留は、戸口からそろりと顔を覗《のぞ》かせて小さく声をかけた。

「兄ちゃん、フレイ。ご飯持ってきたけど……入っていい？」

「ああ。ありがとう、瑛留」

兄からの答えを確認《かくにん》して、幾重《いくえ》にも垂れ下がった扉代《とびら》わりの布を掻《か》き分けて室内に入る。

バルドルを運び込んだフレイの住処で、兄とフレイは一晩中付き添《そ》っていた。

「バルドル……どう？」

フレイに木のトレイを手渡《てわた》し、恐《おそ》る恐るバルドルを見下ろす。獣姿のままだが、規則正しく胸元《むなもと》が上下しているのを目にすると肩《かた》の力を抜いた。

「血液検査とかはできないから、大丈夫《だいじょうぶ》だとは言い切れないが……この様子だと、危機は脱《だっ》したようだ。あとは彼の体力次第《しだい》だけど、若いから乗り越《こ》えてくれるんじゃないかな」

兄の表情は、気休めを言っているものではない。瑛留は大きくうなずいて、バルドルの脇《わき》の床《ゆか》に膝《ひざ》をついた。

「フレイも兄ちゃんも、寝《ね》てないんじゃないの？　様子を見ているだけでいいならおれが付き添っているから、休んできてよ」

瑛留の提案に、フレイは無言で首を横に振《ふ》った。少しでも目を離《はな》すのは不安だと、硬《かた》い表情が語っている。

困った瑛留が兄に目を向けたところで、背後から低い声が聞こえてきた。

「俺が、エールと共にここにいる。二人は身体《からだ》を休ませろ。トール、おまえの寝所《しんじょ》にフレイを連れていけ」

大股《おおまた》で入ってきたジークは、どっかりと瑛留の隣に座り込んでフレイを睨む。

ジークの言葉に反発することはできないのか、フレイは泣きそうな顔でわずかに首を上下させた。

「……はい」

「そうさせてもらおう。行こう、フレイ。瑛留が持ってきてくれたパンを、もらっていく。腹ごしらえをして、ひと眠《ねむ》りだ」

片手に木のトレイを持った兄に手を引かれたフレイは、後ろ髪《がみ》を引かれるように何度も振り向きながら出て行った。

ジークは、眠っているバルドルをしばらく無言で見詰めていたけれど、ボソッと話しかけてきた。

「エール。おまえに礼を言わなければならない。エールに背を押されなければ、バルドルを救うことはできなかった」

「お礼なんか、いらない。あの花の根を採ってきたのは、ジークだし……手当てをしたのは兄ちゃんだ。おれは、なにもしてない」

驚《おどろ》くようなスピードで球根を銜《くわ》えて戻《もど》ってきたジークは、全身泥《どろ》だらけだった。怪我《けが》はないのかと瑛留に心配もさせてくれず、人の姿に戻って兄に向き直った。

薬として使用する場合は、自然乾燥《かんそう》させて砕《くだ》いたものを煮出《にだ》して飲むらしい。その時間はないからと、すり潰《つぶ》した生の球根の半分を患部《かんぶ》に塗《ぬ》っておいて、あとの半分は火に焙《あぶ》って乾燥状態にしてから水と共にバルドルの喉へと流し込んだ。

朝まで息があれば危機を脱することができるはずだ、という言葉に縋《すが》るように、フレイと兄は一晩中付き添っていた。

「俺は、この国の外では、病や怪我から救うための手段が発達していると……知っていた。トールの助けを借りてバルドルを救うのは、祖先への裏切りではないかと迷った自分が腹立たしい。エールが自ら採りに行くと言い出さなければ、決断できなかった」

バルドルを見詰《みつ》めたまま語るジークの後悔《こうかい》の滲《にじ》む声からは、自責の念に駆られていることが伝わってくる。

確かに、留学していたジークやフレイが先進的な現代医療《いりょう》について知らないわけがない。

それでも受け継《つ》がれてきた定めに従うべきか、救うために逆らうべきか、葛藤《かっとう》したに違《ちが》いない。

「他《ほか》のことなら、部外者が余計な口出しはしちゃいけないって、なにも言えなかったかもしれないけど……」

一つの命がかかっていたのだ。兄も言っていたけれど、救うことのできる可能性があるのなら、最善を尽《つ》くさない理由などない。

今にも消えかかっている命を前にしながら、見過ごすことはできなかった。

「バルドルは、おまえにあんな仕打ちをしたのに……救いたかったか？」

ぽつりと問われた瑛留は、驚いてジークに顔を向ける。

バルドルを凝視《ぎょうし》している青い瞳《ひとみ》からは、なにを思って瑛留にそのような問いかけをしたのか読み取れなかった。

「当然だろっ。バルドルがあんな行動に出たのも、おれが原因なんだ。おれがここに来なければ、ジークたちの結束を変に乱さなかった。絶滅種《ぜつめつしゅ》の調査なんて……夢やロマンがあるって思ってたけど、利己的な自己満足だ。ひっそりと生き延びている動物や植物が、存在を暴《あば》かれて調べられたいわけ、ない」

頭に浮《う》かぶまま吐《は》き出していた瑛留は、声を詰まらせて唇を噛《か》む。

これまで尊敬と憧《あこが》れだった父親や兄の研究を、否定するつもりはない。でも、初めて罪なのかもしれないと思った。

言葉を続けることができずにいると、噛み締《し》めた瑛留の唇にジークの指先が触《ふ》れた。

「出逢《であ》わなければよかったと、そう思っているのか？」

「…………」

ジークと出逢って刺激《しげき》を受けなければ、瑛留はこの先ずっと、オオカミに姿を変えることなどなかったかもしれない。

自分の正体など知らず、普通《ふつう》の人間として生活して来年は大学受験に再挑戦《さいちょうせん》して、何の変哲《へんてつ》もない学生になって……可愛《かわい》い彼女を作ったりして？

今となっては、すべて夢物語だ。

どんな弾《はず》みで、いつ獣《けもの》に姿を変えてしまうかわからない。とてつもないリスクがあるのだから、目標としていた獣医師《じゅういし》になるという将来は思い描《えが》けなくなった。無事日本に帰れても、どう生きればいいのだろう。

ジークの言うように、彼と出逢わないでいればよかったのだ。そうすればきっと、瑛留にとっては平穏《へいおん》な日々が続いていたはずで……。

頭では、ジークとの出逢いは瑛留にとって災《わざわ》いにも等しいものだとわかっているのに、うなずくことができない。

答えられずにいると、唇に触れているジークの指先に力が込められる。じわりと撫《な》でられて、ピクリと肩を震《ふる》わせた。

頬《ほお》を包み込むようにして大きな手のひらを押し当てられ、目を合わせらせる。

「俺は、エールがどこにいても……人の姿でも獣の姿でも、必ず見つけ出した」

真摯《しんし》な色を湛《たた》えた青い瞳は、瑛留が目を逸《そ》らすことを許してくれない。

端整《たんせい》な顔が近づき、鼻先を触れ合わせられる。

視界の端《はし》に白銀の髪《かみ》が映り、同じ色の体毛に包まれた優美な獣が、すぐ傍《そば》にいるような不思議な感覚に襲《おそ》われた。

「おまえも、俺が特別だとわかっているはずだ」

ジークの姿を直接目にする前から感じていた、爽《さわ》やかな香草《こうそう》にも似た甘い香《かお》りが心地《ここち》よく鼻《び》腔《こう》に満ちて、恍惚《こうこつ》とした気分になる。

思考力の鈍《にぶ》くなった頭が、ふわふわしている。気持ちいい。

「目が潤《うる》んでいる。可愛いな、エール」

やんわりとしたぬくもりが唇《くちびる》に触れ、瞼《まぶた》を伏《ふ》せた……直後、横たわったバルドルが動く気配がした。

ビクッとジークの肩を押し戻してバルドルを見ると、大きな尻尾《しっぽ》がゆらりと揺《ゆ》れる。

「ジーク、見たっ？　今、バルドルが」

パッとジークの顔を見上げて、すぐにバルドルへ視線を戻す。

目を離したのはほんの数秒なのに、そこにいるのは淡《あわ》い金色の体毛に覆《おお》われたオオカミではなかった。

見慣れた少年の姿に、目を瞠《みは》る。

「バルドル、目が覚めた？　聞こえる？」

意識が戻ったのかとも思ったが、瑛留の呼びかけに反応はない。バルドルの瞼は、固く閉じたままだ。

身を乗り出して確認《かくにん》した右足首の咬傷《こうしょう》は、盛り上がった乾《かわ》いた血が傷口を覆っている。内出血もわずかなもので、酷《ひど》くなっている様子はない。

昨日は青白かった頬にも血の気が戻り、苦痛を感じてはいなさそうだ。

「まだ、目は覚めないみたいだけど」

ジークに意見を求めようと、首を捻《ひね》って顔を見る。バルドルを見下ろしたジークは、かすかな笑《え》みを浮かべていた。

「もう大丈夫《だいじょうぶ》だな」

「よか……った」

大丈夫だと断言したジークの言葉に、ふっと緊張《きんちょう》が解けた。

着せかけられるものはないかと視線を巡《めぐ》らせて、足元にある柔《やわ》らかな布を手に取る。ひざ掛《か》けくらいのサイズだけれど、ないよりはマシだろうと、毛皮がなくなったことで肌寒《はだざむ》そうなバルドルの身体《からだ》に被《かぶ》せた。

「エール」

「おれっ、水を汲《く》んでくる」

名前を呼びながら肩《かた》に手を置かれた瑛留は、勢いよく立ち上がる。ジークは、呆気《あっけ》に取られたような表情で「ああ」と短く答えた。

「あの……ほら、バルドルが目を覚ましたら、喉《のど》が渇《かわ》いているだろうから水を飲みたいはずだし。あと、なにか、食べ物ももらってくる」

しどろもどろに言い訳をして、そそくさと外に出た。

小走りで建物から離《はな》れて、そろりと背後を振り向く。ジークがついて来ていないことを確かめると、足を止めて大きく息をついた。

ジークの手を、露骨《ろこつ》に避《さ》けてしまった。

逃《に》げるにしても、もう少し自然な言い回しはできなかったのか……と、不甲斐《ふがい》ない自分に眉《まゆ》根《ね》を寄せて右手で髪を掻《か》き乱す。

緊張が解けた途端《とたん》に、少し動いただけでジークと腕《うで》が触れ合う距離《きょり》にいることが気恥《きは》ずかしくなったのだ。

雰囲気《ふんいき》に呑《の》まれて、ぼんやりと口づけを受け止めた自分が信じられない。

「ジークと、出逢わなければよかった……?」

ジークのいないところで、改めて自問してみる。

『俺は、エールがどこにいても……人の姿でも獣の姿でも、必ず見つけ出した』

答えを探《さぐ》るまでもなく、頭の中にジークの声が響《ひび》いた。

本能が求めるのだと、熱っぽく口説かれた。ジークに言われた通り、頭で考えようとせず本能の声に従ったなら、瑛留の答えはするりと出る。

「出逢わないという選択肢《せんたくし》はない。おれも、ジークを見つけた」

見えない糸で繋《つな》がれているかのように、いつかどこかでジークと巡り合っただろうと思う。

人混《ひとご》みでほんの一瞬《いっしゅん》すれ違っただけでも、心惹《ひ》かれる特別な香りがジークの存在を教えてくれたはずだ。

そんなふうに自覚したところで、瑛留ではジークの望む『ツガイ』にはなれない。

青空を仰《あお》ぐと、白く輝《かがや》く丸い月が背の高い木の上から覗《のぞ》いていた。

「もう少しで満月かな」

自分の正体を強引《ごういん》に自覚させられた日から、そろそろ月が一巡《ひとめぐ》りする。

この地にいられる時間は限られているのだと、目に見える形で突《つ》きつけられたみたいだった。

□□□

陽《ひ》が落ちる頃《ころ》に目を覚ましたバルドルは、自分がどのように命を救われたのかフレイから聞かされたようだ。

バルドルと、彼に付き添《そ》っている兄の為《ため》に夕食を運んできた瑛留に、神妙《しんみょう》な顔で「ありがとう」と口にした。

「エールに、たくさんごめんなさいをしないといけない」

泣きそうな顔でそう続けたバルドルに、これ以上の謝罪は不要だと首を横に振る。

「一回謝ってもらったから、もういいよ。ゆっくり休んで、早く元気になって。皆《みんな》、心配している」

「しかし、すごい回復力だな。若いってこともあると思うが、根本的な体力や生命力がただの人間よりも強いのか？」

兄は、心底感心したように言いながら、ゴザから上半身を起こしているバルドルを眺《なが》める。純粋《じゅんすい》な興味なのか、獣医師《じゅういし》免許《めんきょ》を持つ動物学者として、研究対象を見る目なのかはわからない。

瑛留の胸をチクリと刺《さ》すのは、兄の言葉から『普通の人ではない』という関心が見え隠《かく》れしていることへの罪悪感だろうか。

「エール、トール。少しいいか。ああ……バルドルは寝《ね》ておけ」

入り口からジークの声が聞こえて、バルドルが居住まいを正そうとした。それを制して、瑛留と兄を外へ促《うなが》す。

「私がバルドルの傍にいます」

ジークの背後から顔を覗かせたフレイが室内に入ってきて、兄と入れ替《か》わる形でバルドルの脇《わき》に膝《ひざ》をついた。

兄と共に外に出た瑛留は、昼から避け続けているジークと目を合わせられなくて足元に視線を落とす。

自分の感情を自覚したことで、どう接すればいいのかわからなくなってしまったのだ。

ジークが手にしたオイルランプの光に照らされて、三人分の影《かげ》がゆらゆらと揺らいでいる。

居心地《いごこち》の悪さを感じている瑛留をよそに、兄は普段《ふだん》と変わらない調子でジークに話しかけた。

「バルドルは、もう大丈夫そうだ。本人の回復力も見事だけど、あの球根の毒を薄《うす》める効果は凄《すご》いなぁ」

「……トールとエールに、礼をしたい。望みはあるか？」

のんびりとした口調の兄に反して、ジークの声は硬《かた》いものだ。望みを尋《たず》ねると、どんな答えが返ってくるのか予想がついているせいかもしれない。

奥歯を噛《か》む瑛留は、どんな顔をしているのか……自分でもわからなくて、下を向く。

そうして表情を隠す瑛留の態度を不自然に思わないのか、兄がジークに答えた。

「そりゃ、できるならそろそろ日本に帰りたいな……と。ビザが切れて不法滞在《たいざい》になれば、いろいろと面倒《めんどう》だ。既《すで》に音信不通なので、連絡《れんらく》くらいはしておかないと関係者が騒《さわ》ぎ出す。行方《ゆくえ》不明扱《あつか》いで捜索《そうさく》をされるとか……大ごとになるのは避けたいなぁ」

兄が語ったのは正論で、瑛留が口を挟《はさ》む隙《すき》もない。

ジークはどんな反応をするのか……うつむいたまま息を呑んで待っていると、予想外にあっさり答えた。

「いいだろう。こちらとしても、おまえたちの捜索のため大勢の人間に山へ入って来られるのは歓迎《かんげい》できない。近いうちに、最初に逢《あ》った駅まで送ろう」

感情を一切窺《いっさいうかが》わせない、冷静な声だ。

スッと血の気が引いたような感覚に襲《おそ》われた理由は、許さない……とジークが兄の願いを突っ撥《ぱ》ねることを期待していたのかと、自分の思考に戸惑《とまど》う。

混乱する瑛留をよそに、兄は声を弾《はず》ませた。

「本当ですかっ。いやぁ助かる。バルドルも気になるし、もう二、三日いさせてください。あ、ここでのこと……あなた方の存在も含《ふく》めて、一切口外しないと約束するのでご心配なく。僕の私欲で、この素晴《すば》らしい環境《かんきょう》を踏《ふ》み荒《あ》らしていいものではない」

「……信じよう」

兄とジークのやり取りを無言で聞いていた瑛留は、グッと拳《こぶし》を握《にぎ》った。

日本へ帰ることができる。よかった。ホッとする。嬉《うれ》しい……はずだろうと自分に言い聞かせても、心が高揚《こうよう》しない。

喜びが込み上げるどころか、トゲが刺さったような小さな痛みがどんどん大きくなる。

喉を鳴らして顔を上げる。ジークと目が合いそうになって、ギリギリのところで躱《かわ》した。

今の自分がどんな表情をしているのか、わからない。瑛留を見ているジークの顔も、確かめるのが怖《こわ》い。

熱っぽく強引に瑛留を求めていたのに、呆気なく手放そうとするジークは、なにを思っているのだろう。

ジークへの気持ちの整理がつかないまま、二、三日後にはここを離れる？

ジークは……自分は、それでいいのだろうか。

足元の影を睨《にら》みつけて考えても、答えは出そうにない。

「瑛留？　具合でも悪いのか？　顔色がよくない」

瑛留が一言も発しないことを不自然に思ったのか、兄が顔を覗き込んできた。慌《あわ》てて「大丈夫《だいじょうぶ》！」と言い返して、笑顔《えがお》を取り繕《つくろ》った。

「なんともない。ランプの光の加減で、そう見えるだけだと思う。やっと日本に帰れる……って、よかった」

った。

頬《ほお》の筋肉が強張《こわば》っていて上手《うま》く笑えていなかったかもしれないけれど、兄はなにも言わなかった。

喜んで見せなければ、と。そんな義務感に似た思いで、兄に笑いかける。

「トールもエールも、疲《つか》れているだろう。今夜は早めに休んでくれ」

「昼寝をさせてもらったことだし、僕はもう一晩バルドルに付き添うつもりだ。もう大丈夫だとは思うけど、念のため近くにいたほうが気を揉《も》まずにすむ。ああ、フレイは休ませてあげたいな」

「自分だけのんびり休むことは、フレイが望まないだろう。バルドルについては……トールに任せる」

兄とジークの会話をぼんやりと聞きながら、「日本へ帰れる。よかった」と心の中で繰《く》り返す。

ジークの顔は、

「トールとエールがここを出ると、他《ほか》のものにも伝えておく」

と言い残して背を向けられるまで、見ることができなかった。

《十》

何度目かの寝返りを打ち、眠《ねむ》ることを諦《あきら》めて瞼《まぶた》を開く。窓から差し込む月明かりに、壁際《かべぎわ》に置いてあるバッグが照らされている。

二か月近く滞在したにもかかわらず、荷物は増えることも減ることもなかったので、荷造りはあっという間に終わった。

明日には、ジークとフレイが駅まで送ってくれることになっている。

眠れないのは、間もなく満月となる月に血が騒ぐせいだろうか。

「瑛留、寝られないのか？」

「ごめん、兄ちゃん。起こした？」

「いや、月明かりが眩《まぶ》しくて目が覚めた。……心残りがあるのなら、消化しておいたほうがいいぞ」

瑛留が眠れずにいるわけを、兄には見透《みす》かされているようだ。ぼんやりとした月明かりの中、こちらを向いた兄と視線が合った。

「心残りなんか」

「ないとは言えないだろう？　帰りたくないって泣かれるのも困るが、無理して嬉しそうにされるのもなぁ」

早く帰りたいと無理やり笑ったり、日本に帰ったら食べたいものを列挙したりして「楽しみだ」と笑う瑛留の空元気は、兄には通用しなかったようだ。

笑うことを止《や》めた瑛留は、兄から目を逸《そ》らしてつぶやいた。

「帰りたくないなんて、泣くわけないだろ」

「そうか？　まぁ、瑛留を連れ帰る僕が言えることはないか。……長旅に備えて、寝るとしよう。瑛留も知ってると思うが、僕は寝つきがいい。しかも、一度眠ったら、なにがあっても朝までぐっすりだ。瑛留が寝床《ねどこ》を抜《ぬ》け出しても、全然気がつかない」

わざわざそう宣言して、瑛留に背中を向ける。

それきり声が聞こえなくなったけれど、本当に眠ったのか寝たふりをしているのかはわからない。

小さく息をついて瞼を閉じた瑛留は、眠るように努力をした。でも、寝ようと頑張《がんば》れば頑張るほど目が冴《さ》える。

どうしても寝られそうになくて、そろりと身体《からだ》を起こした。

「ちょっとだけ、散歩」

兄に対してなのか自分に向けた言い訳なのか、瑛留自身もわからない一言をつぶやいて建物の外に出た。

　ランプがなくても、月明かりのおかげで危なげなく歩くことができる。

　虫の音だけが聞こえる寝静まった集落内を少し歩いて、雲一つない夜空を見上げた。正確な月齢《げつれい》は不明だが、きっともうすぐ満月だ。

　しばらく月光を浴びていると、不意にざわりと鳥肌《とりはだ》が立った。ドクンドクンと心臓が大きく脈打ち、身体が熱を帯びる。

「あ……」

　ゾクゾクと背筋を震《ふる》わせた次の瞬間《しゅんかん》、瑛留は自身の身体に異変が起きていることに気づいた。

　頭に手を上げると、たっぷりとした獣毛《じゅうもう》に覆《おお》われた……人のものではない耳がある。身体を捻《ひね》って背後を確認《かくにん》すると、予想していたとはいえ大きな尻尾《しっぽ》が目に飛び込んできた。

　手や足を検《あらた》めても、特に変化はなさそうだ。どうやら、耳と尻尾だけが獣化しているらしい。

「なんか、中途半端《ちゅうとはんぱ》」

　とんでもない異変のはずだが、やけに冷静な声が出た。あの、全身が獣《けもの》に変わった姿に比べればどうということはないと思うあたり、感覚が麻痺《まひ》している。

　中途半端な変身なのは、完全な満月ではないせいなのだろうか。単に、瑛留の能力不足なのかもしれないが……。

「エール」

「あ……」

名前を呼ばれて反射的に振《ふ》り向くと、こちらに歩いてくるジークが目に入った。

約束していたわけではない。でも、当然のようにジークが現れたことに驚《おどろ》きはなかった。

「夜風に乗って、おまえの匂《にお》いを感じた。普段《ふだん》より濃《こ》いな……と思ったら、このせいか」

クスリと笑って、耳に触《ふ》れてくる。

ピンと立った耳の根元を撫《な》でられる感触《かんしょく》に慣れなくて、くすぐったさのあまりぴくぴくと震わせてしまった。

「おれ、変だろ。オオカミに変身できるジークから見れば、こんな、中途半端なの……みっともない」

ジークから半歩足を引いて、触れてくる手から逃《のが》れようとする。未熟だと曝《さら》け出しているみたいで、恥《は》ずかしかった。

両手で頭を抱《かか》えてジークの目から隠《かく》そうとする瑛留の手首を、ギュッと摑《つか》んでくる。

「みっともない？　愛らしいだけだが。それに、俺も……ほら」

手首を摑んだまま、引き寄せられる。

指先で感じた髪《かみ》とは異なる感触に、パッと顔を上げた。目前に立つジークは、瑛留と同じく耳と尻尾だけ獣のものへと変化をしている。

「変か？」

「ううん。ジークは綺麗《きれい》だ。格好いい」

月明かりの下で目にする、白銀の毛に覆われた大きな耳と尻尾はただひたすら綺麗だった。

ジークは、ぼうっと見上げている瑛留に甘い微笑《びしよう》を浮《う》かべて顔を寄せてくる。

瑛留の手首を摑むジークの指の力は、さほど強いものではない。そうしようと思えば、きっと容易に振り解《ほど》ける。

大きく、一歩だけ下がればいい……と頭では考えていたのに、唇《くちびる》が触れても逃《に》げられなかった。

「ん……ッ、ぅ」

ジークから感じる甘い香《かお》りが、瑛留の思考を甘く痺《しび》れさせる。

瑛留が大人しく身を任せているからか、手首を摑んでいたジークの手が離《はな》れて背中を抱《だ》き寄せられた。

密着すると、ますますあの香りが強くなる。獣の片鱗《へんりん》が覗《のぞ》いているせいか、いつもより濃密《のうみつ》で頭がクラクラする。

「エール。……放したくない」

息苦しいほど強く抱き締《し》められて、喉《のど》が詰《つ》まるような愛《いと》しさと恋《こい》しさが胸の奥から湧《わ》き上がった。

離れたくない。放されたくない。もっと、こうしてジークのぬくもりを感じていたい。

声に出すことはできなくて、そっと両手をジークの背中に回す。言葉はなくても、瑛留が同じ心情でいることは伝わったのだろう。

抱き締めるジークの力が、更《さら》に強くなる。

「あ……っ」

突然《とつぜん》、ふわりと身体が浮いた。瑛留は視界が高くなったことに驚き、慌《あわ》ててジークの肩《かた》にしがみつく。

「ジーク？」

「場所を変える」

短く口にしたジークは、抱き上げた瑛留の重さなど感じていないかのような危なげない足取りで歩き出す。

向かう先がジークの住処だと気づいても、解放を求めて抗《あらが》うことなく力強い腕《うで》に身を委《ゆだ》ねた。

ジークの寝床に入り、抱き上げられていた腕から下ろされた。立とうとしても膝《ひざ》に力が入らなくて、厚みのある敷物《しきもの》に座り込んでしまう。

「今夜は逃げないんだな」

ここしばらくジークを避《さ》けていたせいか、瑛留を見下ろしたジークは少し意地の悪い口調でそう尋《たず》ねてくる。

瑛留は、唇を引き結んで顔を背《そむ》けた。

頭では、逃げたほうがいいとわかっている。明日にはここを離れるのに、どういうつもりなのだと自分に呆《あき》れる。

「どんな心境の変化だ」

膝をついたジークが頬《ほお》に触れてきて、ビクッと肩を震わせた。

くしゃくしゃと髪を撫で回して答えを促《うなが》され、仕方なく口を開く。

「……最初は、ジークが怖《こわ》かった。でも、ジークのことを知れば知るほど怖くなくなった。不思議な香りはずっと感じていて……白い花を貰《もら》ったあたりには、おれも、ジークと同じだけ惹《ひ》かれてた。でも、ダメだから」

「なにがダメだ？　エール」

もう逃げることは許さないと、強引《ごういん》に目を合わせられる。

間近に迫《せま》る青い瞳《ひとみ》は、真っ直《す》ぐに瑛留を見据《みす》えていた。きっと、嘘《うそ》や誤魔化《ごまか》しはすべて見透《みす》かされるだろう。

コクンと喉を鳴らした瑛留は、震える唇を開く。

外国の人間……人間じゃなくてオオカミの姿になっても、種族が違《ちが》う。後継《あとつ》ぎもできない。

……ずっと、ここにいられない。

深入りしないほうが、お互《たが》いの為《ため》だ。

ジークに惹かれる自分から顔を背けていた理由は、いくつもある。

心の奥底に滞《とどこお》っていた思いをぽつりぽつりと吐《は》き出した瑛留に、ジークは苦笑《くしょう》して「それがなんだ」と一蹴《いっしゅう》した。

「種族違いなど、些細《ささい》なものだ。問題にならない。後継ぎは、候補がいると言っただろう。子に継がれるものではない。世代交代の時期が来た時に、最も力を有する者がリーダーとして選ばれる。俺は、ここにいてくれてもいいんだが……帰らないと困るのは、エールだろう？」

瑛留の挙げた、逃げていた『理由』を一つずつ握《にぎ》り潰《つぶ》して、鼻先を触れ合わせてきた。

帰らないと困るのは、瑛留。

それは、確かだ。瑛留が外国で行方《ゆくえ》不明になったら、誰《だれ》よりも責められるのは同行していた兄だろう。

兄にも、父にも……迷惑《めいわく》をかけられない。

「ごめん、ジーク。おれ……めちゃくちゃ自分勝手だ」

惹かれていることを認めながら、ジークに背を向けて離れようとする。それなら、最後まで拒《こば》むべきだったのかもしれない。

でも……触れてくるジークの手は心地《ここち》よくて、もっとぬくもりを感じたいと欲深く望んでしまう。

謝り、俯《うつむ》こうとするのを、ジークの手は許してくれなかった。両手で頬を挟《はさ》まれて、顔を上げさせられる。

「謝る必要はない。自分勝手なのは、俺も同じだ。どうしても眠《ねむ》れなくて、エールを攫《さら》いに行くところだったんだ。嫌《いや》がって暴れられても、無理やりここに連れ込むつもりだった」

あそこで逢《あ》ったのは、匂いに誘《さそ》われただけではないと告白したジークは、「呆れたか？」と苦笑を滲《にじ》ませる。

瑛留は小さく首を横に振って、頬にあるジークの手に自分の手を重ねた。

どうしても、眠れなかった。その理由も、きっと同じだ。

「深入りしてもいいか？　他《ほか》の誰にも触れられないよう、エールにマーキングしたい」

喉元《のどもと》に唇を押しつけられて、ゾクッと肩を震《ふる》わせる。

ジークの変化は、外から見て取れる耳と尻尾《しっぽ》だけではなかったようだ。口づけられた肌《はだ》に、鋭《するど》い牙《きば》を感じた。

「うん……いいよ」

小さく口にすると、ジークの手をギュッと握る。肌に鋭い牙の先端《せんたん》が食い込み、細く息を吐いた。

瑛留はそのまま皮膚《ひふ》を食い破られてもいいと思っていたのに、ジークはぺろりと舌先で舐《な》めて顔を上げる。

「それほど俺を信じて、身を預けてもいいのか」

「うん。ジークなら、なんでもいい」

迷わずうなずいた瑛留に、ジークは目を細めて耳を震わせた。

視線を泳がせたジークが、激情を抑《おさ》え込もうとしているのがわかったから、大きな手を握って喉元に誘導《ゆうどう》する。

「もっと、マーキングしてよ」

マーキングと言うからには、あれだけで足りないのではないか、と挑発《ちょうはつ》するつもりでジークを見上げた。

ピクリと指先に力を込めたジークは、泳がせていた視線を瑛留に留める。視線を絡《から》ませると、ジークは表情を険しくした。

「ッ……本当に喰《く》うぞ」

射るような視線で瑛留を見据えるジークが、わざと牙を見せつけているとわかる。

だから、ふふっと笑って見せた。

不思議だ。猛獣《もうじゅう》の牙なのに、全然怖くない。少し前の瑛留なら、怯《おび》えて身体《からだ》を震わせるしかできなかったはずだ。

「う……ん。美味《おい》しくなかったらごめん」

ジークの手を握ったまま、背を伸《の》ばして唇《くちびる》を触《ふ》れ合わせる。そろりと牙に舌を伸ばすと、喉元に触れているジークの指先に力が増した。

「ン」

吐息《といき》を零《こぼ》した瑛留に、ハッとしたようにその手が離《はな》れていく。

唇も離されてしまい、至近距離《きょり》で瑛留の目を覗《のぞ》き込んできた青い瞳に、大丈夫《だいじょうぶ》だからと視線で告げた。

強くたくましい、優美な獣《けもの》に喰われたい。

服従して、その傍《かたわ》らに寄り添《そ》いたい。

自分にそんな願望があるなどと、これまで想像したこともなかった。

すべて、ジークだからだ。

目に映して声を聞いて、肌でぬくもりを感じるだけで、至上の安堵《あんど》に包まれる。口づけも匂《にお》いも、瑛留を甘く痺《しび》れさせる。

本能が求める。

その言葉の意味を五感すべてで思い知らされて、初めての衝動《しょうどう》に身を任せた。

「ぁ、あ……ッ、ジーク、ゃ、そんな……っ舐め……ないで。指……もっ」

右手の、人差し指と……中指。長い指を後孔《こうこう》に埋《うず》められて、じっくりと抜《ぬ》き差しされる。瑛留が身体を強張《こわば》らせると、意識を逸《そ》らすように舌先で屹立《きつりつ》を舐め濡《ぬ》らされ、ビクリと足が震えた。

「ヤダ、ッ熱い……」

顔だけでなく、全身が熱い。吐く息まで熱を帯びている。

困惑《こんわく》してジークの肩《かた》に手をかけたけれど、指に力が入らない。軽く爪《つめ》で引っ掻《か》くこれは、制するのではなく甘えているような仕草だ。

ジークも同じことを思ったらしく、「くすぐったい」と笑っただけで瑛留の膝《ひざ》を摑《つか》む左手に力を込めた。

「嫌ではないだろう。ここに触れていると、甘い匂いが濃《こ》くなる。ほら……蕩《とろ》けて、俺の指を求めている」

「ひぁ！　ゃ……奥、が」

ジークが指を動かすと、開かれた足のあいだから濡れた音が聞こえてきた。

そこに触れる前、傷つけないようにとジークが指を蜜《みつ》に浸《ひた》していたせいなのだと思うのに、身体の奥から溢《あふ》れてくるみたいだ。

まるで、蕩けているというジークの言葉を証明しているように。

「あちこちとろとろで、美味《うま》そうだ」

「ん、ジークに、食べられた……い」

思考力が鈍《にぶ》くなり、自分がなにを口走っているのかもわからなくなる。ただひたすら、身体で受け止めるジークの手と舌、牙の感触《かんしょく》に溺《おぼ》れて行く。

媚薬《びやく》というものがこの世に存在するなら、きっとこの感覚に似た快楽を与《あた》えてくれるのだろう。

「手加減できそうにないな。明日もし動けなかったら、俺が背負ってやるから……存分に喰わせろ」

「うん。全部、ジークの……だから」

なにを言われているのか、ぼんやりとした頭では理解しきれていない。けれど、ジークに与えられるものならばすべて抱《だ》き留めたいし、ジークにも返したいという思いに駆《か》られて両手を伸ばす。

縋《すが》りついたジークの身体は、瑛留と同じ……境界があやふやになるほど熱を帯びていた。

「エール……」

引き抜かれた指に代わって、これまでとは比べ物にならないほどの熱を感じる。怯《ひる》みそうになった瑛留に、ジークは逃《に》げる隙《すき》をくれなかった。

「ッ……、ぅ……ぁ、ア！」

圧倒的《あっとう》な存在感に支配され、きつく目を閉じてジークにしがみついた。

全身でジークの熱を感じる。

身体がバラバラになるのではないかと思うくらい熱くて苦しくて、逃げ出したいのに離れたくない。もっと深く、溶《と》けあうくらいくっつきたい。

矛盾《むじゅん》する欲求に惑乱《わくらん》する瑛留の頬《ほお》を、ジークが熱い手のひらで撫《な》でる。

「苦しいか」

「平気。っふ……止めたら、怒《おこ》る」

気遣《きづか》いは、いらない。

そう言って荒《あら》い息を吐《は》きながら睨《にら》むと、ジークは熱っぽく潤《うる》む目を細めて薄《うす》い笑《え》みを浮《う》かべた。

「怒ったエールも、愛らしいだろうな」

「なに、言っ……ぁ！」

「止められないから、残念ながら見られそうにない……が」

わざと怒らせる気かと言い返そうとした言葉は、大きく身体を揺《ゆ》すられたことで喉《のど》の奥に引っかかった。

ここまでだと思っていたところのさらに奥深くまで熱塊《ねっかい》を突《つ》き入れられ、手加減できそうにないという前置きを身体で思い知らされる。

グルグル……目を閉じていても、世界が回っているみたいだ。

なにも考えられない。ただひたすら、ジークの熱と匂いに満たされる。

「エール。エール……、……っ」

「ぅんっ、……き、好き、だよ。……ジーク」

瑛留の名を呼んだジークは、瑛留にわからない言葉でぽつりと続ける。

答えた瑛留は、意図することなく日本語になってしまったけれど、別々の言語で同じことを伝えようとしたに違《ちが》いない。

身体を焼き尽《つ》くすような熱が、どんどん膨《ふく》らんで……張り詰《つ》めた水風船が弾《はじ》けるように爆発《ばくはつ》する。

「ぁ、あ、い……っ、あっっ！」

「ン……、エール、ッ」

ギュッと抱き締《し》められて、大きく身体を震《ふる》わせた。

閉じた瞼《まぶた》の裏で、チカチカと白い光が舞《ま》い……消えた。

「はぁ……っ、ふ……っ」

「ぁ、あ……深……ぃ」

詰めていた息を吐き、笑みを浮かべてジークと視線を交《か》わした。吸い寄せられるように唇を触れさせたのが同時だったから、「好き」と伝え合ったことに確信を持つ。

離れても、きっと変わらない想《おも》いを抱《いだ》き続けることができる。

でも……。

「ジーク……ずっと、一緒《いっしょ》にいたい」

本当はこのまま離れたくないと、辛《かろ》うじて抑《おさ》え込んでいる我儘《わがまま》な自分が叫《さけ》び出しそうだ。

日本語のつぶやきは通じなかったはずなのに、ジークの腕《うで》の中に抱き寄せられた。汗《あせ》の滲《にじ》む熱い背中を抱き返して、互《たが》いの激しい鼓動《こどう》を感じながら目を閉じる。

「夜が続けばいい……のに」

自分勝手な本心をジークに悟《さと》られないように、もう一度日本語で密《ひそ》かに零した。

《十一》

冷蔵庫から麦茶のポットを取り出して、なみなみとグラスに注ぐ。一気に半分ほど喉に流したところで、昼食の後片付けをしていた母親が話しかけてきた。

「そういえば瑛留、今年はお祭りに行かないの？」

毎年この時期は、友人たちと夏祭りに出かけていた。朝から家でゴロゴロしている瑛留が、今年は出かける様子がないせいで尋《たず》ねてきたのだろう。

「あー……うん。なんかみんな、バイトとか忙《いそが》しいみたいで……一人じゃつまんないし」

半分だけ本当で、もう半分は嘘《うそ》だ。

高校時代の友人たちは、すべて専門学校や大学に進学している。夏休みに入っても、新しい友人と出かけたりアルバイトに励《はげ》んでいたりと、忙しそうだ。

仲間内で一人だけ進学できなかった瑛留が彼らと行動を共にできないのは仕方がないし、なにより間もなく満月になるのだ。日没後《にちぼつご》に出歩くのは、避《さ》けたい。

「そう。亨留が早く帰ってきたら、誘《さそ》ってみたら？　……あ、グラス一緒に洗うから、用が済んだなら出して」

「うん。それもいいかもね」

おざなりに答えて使い終えたグラスを母親に手渡《てわた》すと、そそくさと自室に戻《もど》ろうとした。

獣医師《じゅういし》になることを断念した結果、大学受験をするという目標がなくなり、予備校に通う意義も見出《みいだ》せなくなってしまった。

アルバイトでもしたらいいのかもしれないが、気力が湧《わ》かない。両親も兄もなにも言わないが、我《われ》ながら怠惰《たいだ》な日々を送っている現状はなんとも気まずい。

キッチンから廊下《ろうか》に足を踏《ふ》み出したところで、母親の声が追いかけてきた。

「あっ、もう一つ話しておくことがあったわ。新しい留学生さんが、ホームステイするって言ってたじゃない。手続きが遅《おく》れていたみたいだけど、お昼すぎに無事に日本についたらしいから……夕方にはいらっしゃるはずよ。お夕飯、一緒に食べられるかしらね」

「うん……」

そういえば、半年振《ぶ》りに留学生がホームステイすると聞いた気がする。今回は珍《めずら》しく、父親ではなく兄の関係する学生らしい。

ぼんやりとした返事だったけれど、ここしばらくの瑛留はずっと惚《ほう》けた状態だ。いつものことだと思ったのか、母親はそれ以上なにも言うことなく皿洗いの続きに戻った。

自室に入ってドアを閉めると、ベッドに身体《からだ》を投げ出した。十年以上使っている部屋の天井《てんじょう》が、どこかよそよそしく映るから不思議だ。

「あの山が懐《なつ》かしい……とか、変なの」

オオカミに姿を変えることのできる人たちの住む集落がある山奥で過ごしたのは、二ヵ月足らずの時間だった。

あの土地を離《はな》れて三ヶ月近くが経《た》つのに、深い森の匂《にお》いや土の感触、足を浸した川の水の冷たさまで忘れていない。白銀の髪《かみ》と青い瞳《ひとみ》の持ち主や、同じ特徴《とくちょう》を持つ優美なオオカミの姿を、毎晩のように夢に見る。

「やっぱり……おれも、獣《けもの》なのかなぁ」

クーラーの涼《すず》しい風よりも、木々を揺らして吹《ふ》き抜《ぬ》ける自然の風を身に受けたい。

ここで育ったのに、自分の居場所ではないような違和感《いわかん》が、常につき纏《まと》っている。

目を閉じて、惰眠《だみん》に身を落とす。夢の中では、あの山を駆《か》けることができる。逢《あ》いたい人との邂逅《かいこう》も叶《かな》う。

現実逃避《とうひ》だと、わかっているけれど……。


「瑛留！」

「っ、はい！　あ……兄ちゃん」

名前を呼びながら勢いよくドアを開けられて、ビクッと飛び起きた。寝《ね》ぼけ眼《まなこ》で戸口を見ると、ドアノブを摑《つか》んだ兄が立っている。

「返事がないと思ったら、寝てたのか。冷やし過ぎだ。一旦《いったん》切るぞ」

「ん……お帰りなさい。今日、早いね」

部屋に入ってきた兄が、学習机に置いてあるリモコンを手にした。ピッと小さな音と共にエアコンの電源が切れると、モーター音が止まって途端《とたん》に静かになる。

枕元《まくらもと》にあるスマートフォンで時刻を確認《かくにん》すると、十七時になったばかりだ。普段《ふだん》の兄なら、こんな時間に帰宅することなど滅多《めった》にない。

「留学生を連れて帰るって言っただろ。また聞き流していたな」

「あ、そういえば母さんも言ってた」

あくびを嚙《か》み殺して、留学生……ホームステイする人に挨拶《あいさつ》をしなければならないのかと、ベッドから足を下ろした。

呆《あき》れた顔で瑛留を見ていた兄が、開けたままのドアを振《ふ》り向いて声をかける。

「瑛留は、まだ昼寝から目覚め切っていないみたいだ。入って、目を覚ましてやってくれるとありがたい」

そこにいるらしい人物に向けた言葉は、ドイツ語だ。

「え……下にいるんじゃないの？」

リビングにいるとばかり思っていた瑛留は、ギョッとして立ち上がった。滞在《たいざい》中に使われる二階の客間を案内するついでに、瑛留に声をかけたようだ。

兄の呼びかけに応《こた》えて、ドアの陰《かげ》から長身が姿を現す。

その姿を目にした途端、瑛留は凍《こお》りついたように動きを止めた。

「………？」

目覚めたと思っていたのに、まだ夢の中にいるのかと目をしばたたかせる。

それとも、毎晩のように夢に出てくるから、やけにリアルな幻《まぼろし》が見えているのだろうか。

だって……現実ではありえない。

「エール。笑って、逢いたかったと言ってくれないのか？」

「夢……じゃない」

低い声に名前を呼ばれた瞬間《しゅんかん》、夢や幻ではないと確信した。唖然《あぜん》と立ち尽《つ》くす瑛留に焦《じ》れたのか、ジークが大股《おおまた》で近づいてくる。

両腕の中に抱《だ》き締《し》められて、甘い香《かお》りに包まれた。

「ああ……間違《まちが》いなくエールの匂いだ」

ジークもくんくんと鼻を鳴らし、そう言いながら瑛留の髪に触《ふ》れてくる。触れられるのだから、やはり幻ではない……と、一気に現実感が押し寄せてきた。

「なんで？　ジークが……フレイも？」

ジークの肩越《かたご》しに、もう一人の懐かしい姿が目に映った。ジークに抱かれて混乱する瑛留を、温和な笑《え》みを浮《う》かべて見ている。

兄と短く言葉を交《か》わしたフレイが、「お久し振りです、エール」と声をかけてくる。

「久し振り。って……なに？　ジーク……兄ちゃん、フレイでも、誰《だれ》か説明して欲しいんだけどっ」

ジタバタと手を動かして、ジークの腕《うで》の中から逃《のが》れる。兄は、「期待以上のリアクションだ」と笑ってフレイと顔を見合わせた。

驚《おどろ》いているのは、瑛留だけだ。他《ほか》の皆《みな》は、わかり切っていたという顔をしている。

「説明するから、泣くな」

「泣いてないっ、あんまり驚いたから、ちょっとだけ目から冷や汗《あせ》が出たんだ」

「……めちゃくちゃな言い訳だな」

苦笑《くしょう》した兄に肩を叩《たた》かれて、床《ゆか》にへたり込む。すぐ隣《となり》にジークが腰《こし》を下ろして、兄とフレイが向かい側に座る。

こうして顔を突《つ》き合わせていても、やはりまだ現実感が乏《とぼ》しい。

「瑛留には詳《くわ》しく説明していなかったが、留学生だ。うちの大学で、二年ほど学ぶことになっている」

そう言いながらフレイを視線で指した兄に、「え？」と目を見開いた。

「フレイ……が？　ジークは？」

フレイが兄の在籍《ざいせき》する大学に留学するということ自体は、さほど驚くものではない。常に学びたいと望んでいたし、彼なら与《あた》えられた留学の機会を最大限に生かして、しっかり知識を吸収するだろう。

でも、ジークはどうしてここにいるのだと、喜びよりも疑問が勝《まさ》る。

「エールを迎《むか》えに来た。フレイと、……なんだったか？」

言葉の選択《せんたく》に迷ったのか、ジークに話を振られた兄が続きを継《つ》いだ。

「交換《こうかん》留学という形になる。日本に帰ってからずっと、心ここにあらずだったからな。なにも言わないが、あちらに戻《もど》りたいんだろうと見ているだけでわかった」

「……交換って、おれがあっちに行くってこと？」

心の準備がなに一つできていない状態で聞かされても、どんな反応をすればいいのかわからない。

ぼんやりと聞き返した瑛留に、ジークは不機嫌《ふきげん》そうに表情を曇《くも》らせて口を開いた。

「不満か？　俺は、エールと共にいるためにはどうすればいいのかと、トールと一緒《いっしょ》に策を練ってきた。エールは？　俺と離れて……なにを思った？」

青い瞳が、真っ直《す》ぐに瑛留を見ている。

瑛留はなにをしていたのだと聞かれれば、答えに窮《きゅう》する。

瑛留は、ただぼんやりと日々を過ごし、なにもしてこなかったのだ。夢の中に逃《に》げて、恋《こい》しがるだけだった。

でも、ジークと離れてなにを思ったのかという問いには、迷わず答えられる。

「逢いたかった。本当は、ジークと離れたくなかった。ずっと一緒にいられるのなら、不法滞在でも密入国でも、なんでもいいって……思ったけど、父さんや母さん、兄ちゃんに迷惑《めいわく》をかけたくないから……」

言葉の途中《とちゅう》でジークに抱き寄せられて、続きを飲み込んだ。

行動力のない瑛留に代わり、兄やジークやフレイは、あらゆる手段を模索《もさく》してくれたに違いない。

申し訳ないのと、嬉《うれ》しいのと、自分が情けないのと……いろんな感情が入り混じって、声にならない。

「な……っんで？　どうやって……？」

抱き締められたまま子どものようにたどたどしく口にすると、ジークが小さく笑った気配がした。きっと、兄とフレイも笑っている。

「トールだ」

ジークに名前を呼ばれた兄が、瑛留の疑問に答えてくれた。

本人は普段と変わらない口調だったけれど、語られた内容は瑛留にはまず思いつかなかったものだ。

「帰国前に、僕のスマホをフレイに託《たく》したんだ。電波が入る場所までいけばとりあえず連絡《れんらく》がつくから、色々と相談をしていた。フレイが、スマホに順応できる賢《かしこ》い子で助かった。あとは、フレイを受け入れるための大学関係の根回しと……一番大変だったのは、父さんの説得かな。父さんも母さんも、短期ならともかく無期限で瑛留を遠くにやるのは渋《しぶ》ったから……。今でも瑛留は、手のかかる可愛《かわい》い小さな末っ子のままなんだろうな」

重要なものに関するバックアップは取っているはずだが、手元になければ恐《おそ》ろしく不便なはずのスマートフォンをフレイに託すという大胆《だいたん》な手段を取った兄に、唖然とする。

両親への根回しも、初耳だった。

「じゃあ、父さんと母さんは留学生がフレイだってことも……入れ替《か》わりにおれがあっちに行くってことも、全部知ってたわけ？」

「そうだ。瑛留には、あちらの環境《かんきょう》が肌《はだ》に合うようだと僕が話しておいたから、それが瑛留の為《ため》になるのならと了承《りょうしょう》した」

瑛留がオオカミへと姿を変えたことを、両親には話していない。でも、兄からは伝わっているはずだ。

自然豊かな環境に誘発《ゆうはつ》されてか、異国の地で獣《けもの》に姿を変えた……と。

これまで瑛留自身には隠《かく》されていた養子となった経緯《けいい》と、保護時には人ではなかったことを本人に語ったのだとも、聞かされているに違いない。

すべてが、帰国した瑛留の様子がおかしい原因となっていると思ったから、怠惰《たいだ》な生活を送っていてもそっと見守ってくれていたのだろう。

父母の瑛留への接し方は、子どもの頃《ころ》から何一つ変わっていない。家族として慈《いつく》しんでくれていることが、伝わってくる。

「二人に頼《たの》んで、いろんな計画を瑛留には内緒《ないしょ》にしてもらっていたんだ。なにも知らない再会のほうが、劇的で感動的だろう？」

最後の一言は得意そうな響《ひび》きで、イタズラが成功した子どもみたいだ。

感動的というよりも、心臓が止まるかと思うほど驚いた瑛留にとっては、有難《ありがた》迷惑というやつだが。

「トールの作戦は、本当にすごいですね。一緒に住んでいるエールが、まったく気づかなかったなんて」

感嘆《かんたん》の声を上げるフレイは、兄を心から尊敬しているのだろう。

学生にまで天然ボケと言われているらしい部分を知っても、変わらずキラキラした目で見ていられるのかどうかは疑問だ。

ふっと笑って力が抜《ぬ》けた瞬間を見計らったかのように、兄が問いかけてきた。

「というわけで、あとは……おまえの意思だけだ。瑛留はどうしたい？」

真剣《しんけん》な響きの声で返事を求められたけれど、即答《そくとう》することはできなかった。

一番に、両親の顔が思い浮かぶ。自分勝手な望みの為に、心優《やさ》しい両親を日本に残して行ってもいいのか……迷った。

ひとまず留学という形を取るとしても、日本で生きていく自分の姿は想像がつかなかった。

一度あの地に移り住めば、距離的《きょより》にも移動にかかる金額を考えても、きっとそう頻繁《ひんぱん》には戻れない。

瑛留の思考を読んだようなタイミングで、兄が釘《くぎ》を刺《さ》してくる。

「余計なことを考えるなよ。僕は、瑛留がどうしたいのか聞いているんだ」

「おれは……」

どうしたいのか？

自分の望みだけを追求してもいいのなら……決まっている。

「あそこに戻りたい。ジークと……一緒にいたい。もう離《はな》れたくない」

ギュッとジークの腕を摑《つか》んで口に出すと、長い腕の中に強く抱《だ》き込まれた。

ジークと離れていたのはたった三ヶ月なのに、とてつもなく長く感じた。

こうして心地《ここち》いい匂《にお》いに包まれて、ぬくもりの伝わってくる腕に抱かれると、もう離れられないと心が叫《さけ》んでいる。

「それでいい。じゃあ……まぁ、あとはお二人でどうぞ。フレイ、客間に案内する。荷物は玄

関にあるものだけ?」

「はい。必要な物があれば、こちらで揃《そろ》えられると聞いていましたから」

「わかった。じゃあ、明日にでも一緒に買い物に行こう」

兄とフレイの声が遠ざかり、パタンとドアの閉まる音が聞こえてくる。

ジークと二人きりになると、今度は恥《は》ずかしさに顔面に血が集まるのを感じた。

兄とフレイの前で、抱き締《し》められて……抱きついて、盛大な愛の告白まで聞かせてしまった気がする。

ジークはいつでも堂々としているし、あの二人は、のんびりと「仲がいいな」くらいにしか思わなかっただろうけど、一般《いっぱん》的な羞恥心《しゅうちしん》を備えていると自負している瑛留は恥ずかしい。

「うー……」

「エール。唸《うな》っていないで顔を上げろ」

ポンポンと軽く頭を叩《たた》かれて、渋々《しぶしぶ》顔を上げた。目を逸《そ》らす瑛留が不満なのか、軽く鼻先を触《ふ》れ合わせて「エール」と名前を呼ばれる。

仕方なく、ジークと視線を合わせたけれど……すぐに瞼《まぶた》を伏《ふ》せることになる。

吐息《といき》まで奪《うば》うような無遠慮《ぶえんりょ》な口づけは、息継ぎのタイミングを計れなくて苦しい。

「ん……、っ、ジー……ク」

肩《かた》を叩いて抗議《こうぎ》をすると、ようやく唇《くちびる》が離れていった。

「エール、俺と帰るんだな？」

当然のように『帰る』のだと問われて、小さく二度うなずいた。

あの土地では、歓迎《かんげい》されないかもしれない。でも、ジークと一緒にいたい。そのためなら、皆《みんな》に受け入れてもらえるように努力しよう。

「おれ、ジークたちの言葉を覚えたいから教えてくれる？　すぐじゃなくてもいい。いつか、群れの一員にしてもらえるように頑張《がんば》る」

「言葉は、共に生活するうちに自然と覚えるだろう。それに、既《すで》に考えを変えた者は多い。バルドルの件で、外からもたらされる変化は悪いものばかりではないと悟《さと》ったはずだ」

兄と自分が踏《ふ》み込んだことは、ジークたちにとっては厄介《やっかい》事でしかなかったのではないかと思っていたけれど、それが事実なら少しだけ心が軽くなった。

「国は開かれた。俺たちも、少しずつ変化する時がきたのだろう。エールが傍《そば》にいてくれれば、俺は無敵にもなれる」

両手で髪《かみ》を掻《か》き乱しながら、必要だと口説かれる。胸の奥が熱くなって、子どものように首を上下させた。

「おれは、たぶん……絶滅《ぜつめつ》したって言われている最後のニホンオオカミなんだって。種族は違《ちが》うけど、ジークたちと一緒《いっしょ》なら独りぼっちじゃないって思える」

「種の違いなど、些細《ささい》なものだと言っただろう。独りだなどと思わせない」

真《す》っ直ぐに目を合わせて、独りではないのだと言い含《ふく》められる。青い瞳《ひとみ》が近づいて……やんわりと唇を重ねられる。あたたかくて、優しい思いが流れ込んでくるみたいだ。

閉じた瞼の裏に、優美な白銀のオオカミが思い浮《う》かぶ。

小さくて毛色も異なる自分が並ぶのは、やっぱり少しだけ躊躇《ためら》うかな……と思ったけれど、ジークは鼻先を触れ合わせて「愛らしい」と伝えてくれるだろう。

満月の下、大小二頭のオオカミが寄り添《そ》う姿を想像しながら、ジークの背を抱き返した。

あとがき

こんにちは、または初めまして。真崎《まさき》ひかると申します。この度は、『白銀のオオカミと運命のツガイ』をお手に取ってくださり、ありがとうございました！

舞台は、架空の国です。なんとなく、中東欧《ちゅうとうおう》のあたり？　とイメージしていただけると幸いです。かつて、ニューファンドランドシロオオカミが生息していたとされる地域とは離れていますが、大陸を移動しつつ交雑した結果の亜種《あしゅ》シロオオカミが生き延びている……ということにしてください。

七十キロはあるシロオオカミと、小柄なニホンオオカミが仲良く並ぶ姿を想像すると、微笑ましい体格差カップルだなぁと思います。現実のオオカミ同士だと、確実に戦いが始まると思いますが……創作の世界は平和です。

シロオオカミのジークを優美で精悍《せいかん》に、ニホンオオカミの瑛留《えいる》をとっても可愛く描《か》いてくださった、金《かね》ひかる先生。ありがとうございます。そして、ご迷惑をおかけいたしました。綺麗なイラストをいただけて、ありがたいやら心苦しいやら……です。

担当K様にも、またしても悲惨な目に遭わせて申し訳ございませんでした。生霊を飛ばして監視したい……と、ジリジリさせてしまったことと思います。とてつもなくお手を煩《わずら》わせました。お世話になりました。ここしばらくの私は人としてダメすぎるので、諸々正そうと思います。

ここまで読んでくださり、ありがとうございました。なかなか落ち着かない日々が続いて、心身の疲労も蓄積していることと思います。現実から離れた世界で肩の力を抜き、ほんの少しでも楽しい時間を過ごしていただけると幸いです。
それでは、失礼いたします。また、お逢いできますように。

二〇二一年　今年の夏も酷暑です　真崎ひかる

KADOKAWA
RUBY BUNKO

白銀《はくぎん》のオオカミと運命《うんめい》のツガイ

真崎《まさき》ひかる

角川ルビー文庫　　22810

2021年9月1日　初版発行

発行者——青柳昌行
発　行——株式会社KADOKAWA
〒102-8177　東京都千代田区富士見2-13-3
電話 0570-002-301（ナビダイヤル）
印刷所——株式会社暁印刷
製本所——本間製本株式会社
装幀者——鈴木洋介

●お問い合わせ
https://www.kadokawa.co.jp/（「お問い合わせ」へお進みください）
※内容によっては、お答えできない場合があります。
※サポートは日本国内のみとさせていただきます。
※Japanese text only

ISBN978-4-04-111768-2　C0193　定価はカバーに表示してあります。

KADOKAWA RUBY BUNKO

角川ルビー文庫

いつも「ルビー文庫」を
ご愛読いただきありがとうございます。
今回の作品はいかがでしたか？
ぜひ、ご感想をお寄せください。

〈ファンレターのあて先〉

〒102-8177 東京都千代田区富士見 2-13-3
株式会社KADOKAWA
ルビー文庫編集部気付
「真崎ひかる先生」係

食い尽くしたくなるな。
もふもふ黒豹男爵の慈愛花嫁
Hikaru Masaki
真崎ひかる
イラスト／明神 翼
最後の黒豹族の薬師と
彼に育てられた健気な純人、
初恋のもふもふ♥
薬師の咲夜は希少種「黒豹族」の最後の一人。
純人の幼子・春日を偶然託され、
無垢な彼を護ると決意する。
成長した春日は咲夜だけを慕い、穏やかに暮らす二人。
だが春日が高貴な生まれとわかり、
恐ろしい企みに巻き込まれ!?

ルビー文庫